देवदास

# देवदास

शरत्चन्द्र चट्टोपाध्याय

अनुवाद
सत्यकाम

वाणी
प्रकाशन

प्रकाशन के उत्कृष्टतम 63 वर्ष

vaniprakashan.com

पेपरबैक पहला संस्करण : 2011
पेपरबैक दूसरा संस्करण : 2015
पेपरबैक तीसरा संस्करण : 2026

**वाणी प्रकाशन**

*4695, 21-ए, दरियागंज, नयी दिल्ली-110 002*

*फ़ोन : + 91 11 23273167, 23275710*

**शाखाएँ**

*अशोक राजपथ, पटना-800 004, बिहार*

*कॉफ़ी हाउस कैम्पस, महात्मा गांधी मार्ग, प्रयागराज-211 001, उत्तर प्रदेश*

*महात्मा गांधी अन्तरराष्ट्रीय हिन्दी विश्वविद्यालय, वर्धा-442 001, महाराष्ट्र*

sales@vaniprakashan.in
vaniprakashan@gmail.com

Devdas
*by* Sharatchandra Chattopadhyaya
*Translated by* Satyakam

ISBN : 978-93-5000-497-5
Novel



मूल्य : ₹ 125



*जी.एस. ऑफ़सेट, दिल्ली-110 095 में मुद्रित*

*वाणी प्रकाशन का लोगो मक़बूल फ़िदा हुसैन की कूची से*

## (1)

बैसाख की दोपहरी थी, धूप बहुत तेज थी और गरमी भी बहुत पड़ रही थी। उसी समय देवदास मुखर्जी, पाठशाला के कमरे के एक कोने में मिट्टी के ढेर पर बैठा था। हाथ में उसके एक स्लेट थी। वह कभी आंखें खोलता, कभी बंद करता, कभी पैरों को फैलाता और कभी सिकोड़ता और अंत में वह एकाएक बहुत बेचैन हो उठा। क्षण-भर में उसने यह तय कर लिया कि इस परम रमणीय बेला में, जहां-तहां घूमने या पतंग उड़ाने की अपेक्षा, पाठशाला में बंधा रहना बेकार है। उसके प्रखर मस्तिष्क में एक बात सूझी और वह स्लेट हाथ में लेकर उठ खड़ा हुआ।

पाठशाला में उसी समय खाने-पीने की छुट्टी हुई थी। बालकों का दल तरह-तरह की भाव-भंगिमा करते हुए और शोर-गुल मचाते हुए, पास ही एक बरगद के पेड़ के नीचे गिल्ली-डण्डा खेल रहा था। देवदास ने एक बार उस ओर देखा। भोजन का अवकाश उसे नहीं मिलता था। क्योंकि गोविन्द पण्डित ने अनेक बार यह देखा है कि एक बार पाठशाला से बाहर हो जाने पर, उसमें फिर प्रवेश करना देवदास को बिलकुल नापसंद है। उसके पिता ने भी मनाही कर दी थी। कई कारणों से यही तय हुआ था कि इस समय वह छात्रों के सरदार भूलो की देख-रेख में रहेगा।

उस वक्त कमरे में पण्डित महाशय, दोपहरी के आलस्य के कारण आंखें बंद कर सो रहे थे और छात्रों का सरदार भूलो, एक कोने में, हाथ-पैर टूटी एक छड़ी-सी बेंच पर, एक छोटा-मोटा

पण्डित बनकर बैठा था। बीच-बीच में वह अत्यंत उपेक्षा से कभी बालकों के खेल को देख लेता, और कभी देवदास और पार्वती की ओर अलसाई आंखों से देख लेता था। एक महीने से पार्वती पण्डित महाशय के यहां, उनकी देख-रेख में रहने लगी थी। इस थोड़े समय में ही, पण्डित महाशय सम्भवतः उसका एकांत-मनोरंजन करते थे, इसी से वह एकाग्रचित्त होकर, अत्यंत धैर्य सहित, सोए हुए पण्डित की तस्वीर, 'बोधोदय' के अंतिम पेज पर स्याही से बनाती और एक दक्ष चित्रकार की भांति अनेक प्रकार से देखती कि उसका काफी मेहनत से बनाया हुआ चित्र, अपने आदर्श से कितना मिलता-जुलता है। ऐसी बात नहीं कि वह काफी मिलता-जुलता हो, परंतु पार्वती इतने से ही यथेष्ट आनंद और संतोष-लाभ कर रही थी।

इसी समय देवदास स्लेट हाथ में लेकर खड़ा हो गया और भूलो को संबोधित कर बोला—'सवाल नहीं आ रहा है।'

शांत और गंभीर मुख से भूलो ने कहा—'कौन-सा सवाल?'

'मन-सेर-छटांक का—'

'स्लेट देखूं—'

मतलब ये कि इन सब बातों में उसके हाथ में स्लेट के जाने मात्र की देर रहती। उसके हाथ में स्लेट थमाकर देवदास पास ही खड़ा हो गया। बोल-बोलकर भूलो लिखने लगा, एक मन तेल का दाम चौदह रुपया नौ आना, तीन पाई है तो....

इसी समय एक घटना हो गई। हाथ-पैर की टूटी बैंच के ऊपर, भूलो अपने पद-मर्यादानुसार जगह चुनकर, नियमपूर्वक आज तीन साल से बैठता आ रहा था। उसके पीछे चूने का ढेर लगा था। उस पण्डित महाशय ने कभी सस्ते दर पर खरीद लिया था। उनकी इच्छा थी कि समय आने पर वे इसी से कोठा और दालान यहां बनवाएंगे। पता नहीं, कब वह शुभ दिन आएगा, परंतु इस श्वेत चूर्ण के प्रति उनकी सतर्कता और निगरानी का ठिकाना नहीं था। संसार से अनभिज्ञ और परिणाम से अनजान कोई दरिद्र बालक,

उसका अणुमात्र नष्ट न कर सके, इसलिए इस सयत्न-संचित वस्तु की रक्षा सावधानी से करने का भार अन्य बालकों की अपेक्षा वयस्क भोलानाथ उर्फ भूलो को दिया गया था और इसी से, बेंच पर बैठकर वह इसे घेरे रहता था।

भोलानाथ लिख रहा था—एक मन तेल का दाम यदि चौदह रुपया, नौ आना तीन पाई हो, तो....अरे बाप-रे-बाप—इसके बाद बहुत शोर-गुल मचा। तीव्र कण्ठ से पार्वती चिल्ला उठी और ताली बजाकर जमीन पर लोट गई। नींद से तुरंत जागे हुए पण्डित महाशय, लाल आंखें किए एकाएक खड़े हो गए। उन्होंने देखा कि पेड़ के नीचे से बच्चों का दल, कतार बांधकर और हो-हो करके चिल्लाता हुआ चला आ रहा है, और उसी वक्त टूटी बेंच के ऊपर उठे हुए दो पैरों के ऊपर उनकी नजर पड़ी, और उनकी आंखों में ज्वालामुखी की तरह आग बरसने लगी। चिल्ला उठे—'क्या है, क्या है, क्या है रे!'

बोलने वाले में सिर्फ पार्वती थी, किंतु तब वह जमीन पर लोट-पोट हो रही थी और ताली बजा रही थी। पण्डित महाशय का विफल प्रश्न, क्रोध के रूप में बदल गया—'क्या हुआ, क्या हुआ रे?'

इसके बाद चूना हटाकर भोलानाथ की सफेद मूर्ति खड़ी हो गई। पण्डित महाशय फिर चिल्ला उठे—'शैतान उसके भीतर तुम?'

'ऐं—ऐं—ऐं!'

'फिर?—'

'देवा साला ढकेल दिया, ऐं—ऐं मन, सेर, छटांक—'

'फिर, शैतान?'

किंतु क्षण-भर बाद ही सब मामला समझकर, चटाई पर बैठकर उन्होंने प्रश्न किया—'देवा गिराकर भाग गया?'

भूलो और रोने लगा—'ऐं ऐं ऐं....'

इसके बाद कुछ देर तक चूने की झाड़-पोंछ हुई, परंतु सफेद और काले के इस अद्भुत मिश्रण के कारण, छात्र-सरदार बहुत

कुछ भूत-सा दिखाई दे रहा था और तब भी उसका रोना खत्म नहीं हुआ था।

पण्डित ने कहा—'देवा ढकेलकर भाग गया, क्यों?'

भूलो ने कहा—'ऐं—ऐं—ऐं....'

पण्डित ने कहा—'इसका मजा चखाऊंगा।'

भूलो ने कहा—ऐं—ऐं—ऐं—'

पण्डित ने पूछा—'और लड़के कहां हैं?'

इसके बाद लड़कों का दल लाल मुंह किए, हांफते-हांफते वापस आया और बतलाया—'देवा नहीं पकड़ा जा सका। ओह—ऐसा ढेला फेंकता है कि पकड़ा नहीं जा सकता।'

पहले कही गई बात की एक लड़के ने पुनरावृत्ति की—'ओह-ऐसा....'

'चुप रह बे—'

चुप होकर वह एक ओर सरक गया। बेकार का क्रोध करके पण्डित महाशय ने पहले तो पार्वती को खूब धमकाया, इसके बाद भोलानाथ का हाथ पकड़कर कहा—'चलो कचहरी में, एक बार मालिक को खबर तो दे आएं।'

तात्पर्य ये कि जमींदार नारायण मुखर्जी के यहां, उनके पुत्र के आचरण पर नालिश कर दें।

तीन बज रहे थे। नारायण मुखर्जी बाहर बैठकर गड़गड़ा पी रहे थे, और नौकर पंखे से हवा कर रहा था। असमय में पण्डित का छात्र के साथ आगमन देखकर, वे कुछ विस्मित होकर बोले—'कौन, गोविन्द!'

गोविन्द ने जो जाति के कायस्थ थे—जमीन छूकर प्रणाम करके, भूलो को दिखलाकर सारी कथा विस्तार से कह दी। मुखर्जी महाशय उदास हो गए, बोले—'यही तो देखता हूं कि देवदास बेकाबू हुआ जा रहा है!'

'क्या करूं आप हुक्म दें।'

निगाली रखकर जमींदार बाबू ने कहा—'कहां गया इस समय वह?'

'कौन जाने? जो पकड़ने गए, उन्हें ढेला मारकर खदेड़ दिया।'

वे दोनों चुप रहे। नारायण बाबू ने कहा—'घर आने पर, जो भी होगा, करूंगा।'

छात्र का हाथ पकड़कर गोविन्द पाठशाला को लौट गए और मुंह-आंख की भाव-भंगिमा से समस्त पाठशाला को भयभीत कर डाला, और प्रतिज्ञा की कि देवदास के पिता उस क्षेत्र के जमींदार होने के बावजूद, वे उसे स्कूल में नहीं घुसने देंगे। उस दिन छुट्टी कुछ पहले ही हो गई। जाते समय, लड़के आपस में तरह-तरह की बातें करते रहे।

एक ने कहा—'ओह, देवा कितना बलवान है, देखा!'

एक ने और कहा—'भूलो को अच्छा मजा चखाया।'

'ओह, क्या ढेला फेंकता है।'

भूलो का पक्ष लेकर एक ने कहा—'देखना, भूलो बदला अवश्य लेगा।'

'हुश—फिर अब तो वह पाठशाला में जाएगा नहीं कि वह बदला लेगा।'

इस छोटे दल में पार्वती भी एक ओर, किताब और स्लेट लिए घर जा रही थी। पास ही के एक लड़के का हाथ पकड़कर उसने पूछा—'मणि, क्या सचमुच देवदास को पाठशाला नहीं आने दिया जाएगा?'

मणि ने कहा—'हां, किसी तरह भी नहीं आ सकता।'

पार्वती चुप हो गई, क्योंकि यह सब बातें उसे अच्छी नहीं लग रही थीं।

पार्वती के पिता का नाम नीलकंठ चक्रवर्ती था। मुखर्जी महाशय के बहुत बड़े महान के बगल में, छोटा और पुराना, ईंटों का घर है। जमा-पूंजी, उनकी दस-बारह बीघे जमीन और दो-चार घर

यजमानों के हैं। जमींदार के घर से भी उन्हें काफी आशा है, संपन्न परिवार है—मजे में दिन कट रहे हैं।

सबसे पहले धर्मदास से पर्वती की भेंट हुई। वह देवदास के घर का नौकर है। उसकी एक साल की उम्र से लेकर, आज बारह साल तक वह उसके साथ ही है। पाठशाला पहुंचा देता और छुट्टी होने पर फिर लेने आता है। इस काम को वह नियमपूर्वक करता आ रहा था; आज भी उसी काम के लिए पाठशाला जा रहा था। पार्वती को देखकर कहा—'क्यों पारू, तुम्हारा देव'दा इस समय कहां है?'

'भाग गया—'

धर्मदास ने अत्यंत आश्चर्यचकित होकर कहा—'अरे, भाग गया?'

उस वक्त पार्वती ने, भोलानाथ की दुर्दशा की बात याद पर, नए ढंग से हंसना शुरू किया—'देख धरम, देव'दा—हि-हि-हि—एक बारगी चूने के ढेर में, हि-हि—हू-हू—धर्म, बिलकुल चित्त कर दिया—'

सब बात अच्छी तरह जाने बिना, धर्मदास ने हंसी देखकर ही थोड़ा हंस दिया। बाद में जिद्द करके पूछा—'बताओ न पारू, क्या हुआ?'

'देवदास ने धक्का देकर गिरा दिया—भूलो को, चूने के ढेर में—हि-हि-हि....'

इस बार धर्मदास की समझ में बाकी बात भी आ गई। अत्यंत चिंतातुर होकर उसने कहा—'पारू, जानती हो, वह इस वक्त कहां है?'

'मैं क्या जानूं!'

'तुम्हीं जानती हो, बोल दो! अहा, समझ लो कि उसे खूब भूख लगी होगी।'

'लगी होगी—परंतु मैं नहीं बतलाऊंगी।'

'क्यों नहीं बतलाओगी?'

'बतलाने पर वह मुझे बहुत मारेगा। मैं खाना पहुंचा दूंगी।'

धर्मदास कुछ संतुष्ट हुआ, कहा—'खाना तो दे ही आना, और सांझ होने के पहले, किसी तरह समझाकर उसे घर ले आना।'

'लाऊंगी।'

घर आकर पार्वती ने देखा कि उसकी और देवदास की मां, दोनों ने ही सभी बातें सुन ली हैं। उससे भी यह बात पूछी गई। हंसकर और फिर गंभीर होकर, जो कुछ कहते बना, उसने कह दिया। उसके बाद आंचल में मूड़ी बांधकर, वह जमींदार के आम के एक बाग के अंदर गई। बाग उसके घर के पास ही था और वहां एकांत बंसवारी थी। उसे मालूम था कि छिपकर तम्बाकू पीने के लिए, देवदास ने इसी बंसवारी में कुछ जगह बना ली थी। भागकर छिपने के लिए, यही उसका एकमात्र गुप्त स्थान था। भीतर घुसकर पार्वती ने देखा कि बांसों के उस झुरमुट में देवदास हाथ में एक छोटा-सा हुक्का लिए बैठा है, और एक अभ्यस्त की तरह धूम्रपान कर रहा है। चेहरा गंभीर था—और उससे काफी दुर्भावना की झलक आ रही थी। पार्वती को देखकर वह बहुत खुश हुआ, किंतु इसे उसने प्रकट नहीं होने दिया। तम्बाकू खींचते-खींचते, गंभीर भाव से कहा—'आओ!'

पार्वती पास आकर बैठ गई। आंचल में बंधी मूड़ी पर तुरंत ही देवदास की नजर पड़ी। बिना कुछ पूछे ही, वह उसे खोलकर खाने लगा और कहा—'पारू, पण्डित महाशय ने क्या कहा रे?'

'बड़े चाचा से कह दिया है।'

हुक्का रखकर, देवदास ने आंखें तरेरकर कहा—'बाबूजी से कह दिया?'

'हां।'

'तब?'

'तुम्हें फिर पाठशाला में नहीं जाने देंगे।'

'मैं स्वयं पढ़ना भी नहीं चाहता।'

इसी समय उसकी खाद्य-सामग्री प्रायः समाप्त हो चली—देवदास ने पार्वती के मुंह की ओर देखकर कहा—'संदेश दो।'

'संदेश तो लाई नहीं।'

'तो पानी दो।'

'पानी कहां पाऊंगी?'

देवदास ने उदास होकर कहा—'कुछ नहीं है, तो आई ही क्यों? जाओ, पानी ले आओ!'

उसका रूखा स्वर पार्वती को अच्छा नहीं लगा, कहा—मैं अब नहीं जाती—तुम्हीं चलकर पी लो।'

'मैं क्या अभी जा सकूंगा यहां से?'

'तो क्या यहीं रहोगे?'

'यहीं रहूंगा, उसके बाद चला जाऊंगा—'

पार्वती उदास हो उठी। देवदास का वैराग्य देखकर और उसकी बातें सुनकर, उसकी आंखों में पानी आ गया—बोली—'देव दादा, मैं भी चलूंगी।'

'कहां? मेरे साथ? धत्—क्या ऐसा भी होगा?'

पार्वती ने सिर हिलाकर कहा—'मैं जरूर जाऊंगी—'

'नहीं जाना होगा, पहले तुम पानी लाओ—'

पार्वती ने सिर हिलाकर कहा—'मैं जाऊंगी ही—'

'पहले पानी लाओ।'

'मैं नहीं जाती—तुम भाग जाओगे।'

'नहीं—नहीं जाऊंगा।'

परंतु इस बात पर पार्वती को विश्वास नहीं हुआ, वह बैठी रही। देवदास ने फिर हुक्म दिया—'मैं कहता हूं, जाओ यहां से।'

'मैं नहीं जा सकती।'

चिढ़कर देवदास ने पार्वती के बाल खींचकर धमकी देते हुए कहा—'मैं कहता हूं, जाओ।'

पार्वती चुप रही। तब उसने उसकी पीठ पर एक घूंसा दिया—'नहीं जाओगी?'

पार्वती रोने लगी—'चाहे जो भी हो, मैं नहीं जाती।'

देवदास एक ओर चल दिया। पार्वती भी रोते-रोते देवदास

के पिता के सामने आकर खड़ी हो गई। मुखर्जी महाशय पार्वती को बहुत प्यार करते थे। उन्होंने कहा—'पारू, रोती क्यों है, बेटी?'

'देवदास ने मारा है।'

'वह है कहां?'

'इस बंसवारी में बैठकर तम्बाकू पी रहा था।'

एक तो पण्डित महाशय के आगमन से ही वे चिढ़े बैठे थे, उस पर इस बात से वे अत्यंत क्रुद्ध होकर बोले—-देवा अब तम्बाकू भी पीने लगा?'

'हां, रोज पीता है। बंसवारी में उसने एक हुक्का भी छिपा रखा है—'

'इतने दिनों तक तूने मुझे बतलाया क्यों नहीं?'

'देव'दा मारने लगता है।'

किंतु बात यह नहीं थी। प्रकट कर देने से देवदास को दण्ड भुगतना पड़ता, इसी डर से उसने कोई बात नहीं बतलाई थी। आज क्रोधावेश में उसने सभी बातें बतला दीं। इस समय उसकी उम्र महज आठ साल की है--क्रोध उसमें बहुत था, परंतु ऐसी बात नहीं कि उसमें बुद्धि-विवेचना बिलकुल कम हो। घर जाकर बिस्तर पर लेटकर, बहुत देर तक रोते-रोते वह सो गई—उस रात उसने भात तक नहीं खाया।

## (2)

दूसरे दिन देवदास पर खूब मार पड़ी। सारा दिन वह कमरे में बंद रखा गया। इसके बाद जब उसकी मां बहुत रोने-धोने लगीं, तब देवदास छुट्टी पा सका। दूसरे दिन वह भोर में ही भागकर, पार्वती के घर के जंगले के पास आकर खड़ा हो गया और चिल्लाया—'पारू!' जरा देर में फिर चिल्लाया—'पारू!'

जंगला खोलाकर पार्वती ने कहा—'देव'दा!'

देवदास ने इशारा करके कहा—'जल्दी आओ!' दोनों साथ

हुए तो देवदास ने कहा—'तम्बाकू पीने वाली बात तूने क्यों बतला दी?'

'तुमने मारा क्यों?'

'तुम पानी लाने क्यों नहीं गईं?'

पार्वती चुप हो गई। देवदास ने कहा—'तू बड़ी बेवकूफ है—फिर ऐसी बात कभी मत कहना।'

पार्वती ने सिर हिलाकर कहा—'नहीं कहूंगी।'

'तो चल, बंशी काट लाएं। बांध कर आज मछली पकड़ेंगे।'

बांस की झाड़ी के पास ही नोना का पेड़ था। देवदास उसी पर चढ़ गया। बड़ी मेहनत से बांस की एक टहनी नवाकर पार्वती को थमा दी और कहा—'देखना, छोड़ मत देना, नहीं तो गिर जाऊंगा।'

पार्वती जी-जान से पकड़े रही। देवदास उसी को पकड़कर, नोना की एक डाल पर पैर रखकर बंशी काटने लगा। नीचे से पार्वती ने कहा—'देव'दा, स्कूल नहीं जाओगे क्या?'

'नहीं।'

'बड़े चाचा तुम्हें भेज देंगे।'

'बाबा ने खुद ही कहा है कि मैं अब वहां नहीं पढ़ूंगा। घर पर ही पण्डित आएगा।'

पार्वती चिंतित हो कहने लगी—'गरमी के कारण, कल से हमें तड़के ही स्कूल जाना होगा। अब मैं जाती हूं।'

ऊपर से आंखें तरेरकर देवदास ने कहा—'नहीं, जाना नहीं होगा।'

इसी समय पार्वती कुछ अन्यमनस्क ही उठी—इतने में बांस की टहनी ऊपर उठ गई, और साथ-ही-साथ देवदास, नोना की डाल से नीचे आ गिरा। डाल अधिक ऊंची नहीं थी, इसलिए ज्यादा चोट नहीं लगी; किंतु शरीर पर कई जगह खुरच लग गई। नीचे आकर, क्रुद्ध देवदास ने एक सूखी डाल उठाकर, पार्वती की पीठ

पर, गाल पर और जहां-तहां खूब जोर-जोर से मारकर कहा—'जा, दूर हो जा!'

पार्वती तो स्वयं पहले से शर्मिन्दा थी, किंतु जब छड़ी-पर-छड़ी पड़ने लगी, तब क्रोध और अभिमान से उसकी आंखें आग की तरह जलने लगीं और रोकर उसने कहा—'अभी मैं बड़े चाचा के यहां जाती हूं—'

देवदास ने क्रोधादेश में एक धमाका और जमाकर कहा—'जा, अभी जाकर कह दे—मेरा कुछ बिगड़ जाएगा?'

पार्वती चली गई। जब बहुत दूर चली गई, तो देवदास ने पुकारा—'पारू!' किंतु पार्वती सुनी-अनसुनी कर, जल्दी-जल्दी आगे चलती ही गई। देवदास ने फिर चिल्लाकर कहा—'पारू! सुनती तो जा!'

पार्वती ने जवाब नहीं दिया। देवदास उदास होकर कुछ चिल्लाया और कुछ अपने आप बकता रहा—'जा, मर!'

पार्वती के जाने के बाद, देवदास ने किसी तरह दो-एक बंशी काटीं। उसका मन बिगड़ गया। रोते-रोते पार्वती घर लौट आई। उसके गाल के ऊपर, छड़ी का नीले रंग का दाग उभर आया था। पहले ही दादी की नजर उस पर पड़ी। वह चिल्ला पड़ी—'अरे बाप-रे-बाप, किसने इस तरह मारा, पारू!'

आंख मलते हुए पार्वती ने कहा—'पण्डित जी ने!'

दादी ने उसे गोद में लेकर अत्यंत क्रोधित होकर कहा—'चल तो जरा नारायण के पास चलूं, देखूं तो वह कैसा पण्डित है! आहा, बच्ची को एकदम मार ही डाला।'

पार्वती ने दादी के गले से लिपटकर कहा—'चलो!'

मुखर्जी महाशय के पास आकर दादी ने पण्डित जी के अनेकानेक पुरखों का उल्लेख करके, उनके परलोक के लिए बहुत-सी 'शुभ-इच्छाएं' प्रकट कीं। बाद में स्वयं गोविन्द को तरह-तरह की गाली बककर कहा—'नारायण, मुंशी का घमण्ड तो देखो!—शूद्र होकर ब्राह्मण की लड़की पर हाथ छोड़ता है। किस तरह मारा है,

देखो तो!' इतना कहकर वृद्धा अत्यंत दुःख के साथ, उसके गाल पर के नीले दागों को दिखलाने लगी।

तब नारायण बाबू ने पार्वती से प्रश्न किया—'किसने मारा पारू?'

पार्वती चुप रह गई। तभी दादी फिर चिल्ला उठी—'और कौन, इसी गंवार पण्डित ने मारा होगा?'

'किसने मारा?'

अबकी बार भी पार्वती ने कुछ नहीं बतलाया। मुखर्जी महाशय ने समझाया कि इसने कोई कसूर कर दिया होगा, इसी से मार खाई है—'किंतु इस तरह की मार उचित नहीं।'—यही उन्होंने कहा। सुनकर पार्वती ने पीठ खोलकर दिखलाते हुए कहा—'यहां भी मारा है!'

पीठ के दाग अधिक स्पष्ट थे, अधिक भारी। इसी से दोनों बिलकुल क्रुद्ध हो गए। मुखर्जी महाशय ने यह मन्तव्य प्रकट किया कि पण्डित महाशय को बुलाकर वे कैफियत तलब करेंगे। और इस प्रकार यह तय हुआ कि ऐसे पण्डित के पास भेजना ही उचित नहीं है।

यह सुनकर पार्वती खुश हो गई, और दादी की गोद में चढ़कर घर वापस आ गई। घर पहुंचने पर पार्वती की मां उससे पूछताछ करने लगी। पकड़कर बैठते हुए उन्होंने पूछा—'बता, क्यों मारा उसने?'

पार्वती ने कहा—'बिना वजह मारा है!'

मां ने बेटी के कान पकड़कर जोर से मल दिए और कहा—'यों बेकसूर कभी कोई मारता है रे?'

उसी समय सासजी दालान से गुजर रही थीं। घर की चौखट के पास आकर उन्होंने कहा—'मां होकर तुम उसे यों ही मार रही हो बहू, तो क्या वह मुंहजला उसे नहीं मार सकता?'

बहू ने कहा—'यों ही तो वह मारेगा नहीं! ऐसी ही भली लड़की ये है? कुछ किया होगा, तभी मार खाई है।'

उदास होकर सास ने कहा—'अच्छा, जो हुआ सो हुआ, पर मैं उसे पाठशाला नहीं जाने देती।'

'लिखना-पढ़ना कुछ नहीं सीखेगी क्या?'

'क्या होगा बहू? एकाध चिट्ठी-पत्री लिख लेना, दो पेज रामायण-महाभारत पढ़ सकना ही बहुत है। अपनी पारू को न तो जजी करना है और न वकालत।'

आखिरकार बहू चुप हो गई। उस दिन देवदास बहुत डरते-डरते घर में आया। उसे जरा भी संशय नहीं रहा था कि पार्वती ने अब तक सबकुछ कह दिया होगा। परंतु घर आने पर इसका जरा भी आभास उसे नहीं मिला, बल्कि मां को कहते सुना—'आज गोविन्द पण्डित ने पार्वती को बहुत पीटा है, इससे अब वह स्कूल नहीं जाएगी'—यह सुनकर वह इतना प्रसन्न हुआ कि अच्छी तरह खा भी नहीं सका। किसी तरह 'नाक' की शान भूलकर, हांफते-हकलाते पार्वती के पास आकर उसने कहा—'तुम अब स्कूल नहीं जाओगी?'

'नहीं!'

'यह सब कैसे हुआ रे?'

'मैंने कह तो दिया, पण्डित महाशय ने मारा है।'

देवदास खुलकर हंसा। और उसकी पीठ थपथपाकर अपनी राय प्रकट की, कि तुम्हारी जैसी बुद्धिमती इस पृथ्वी पर कोई नहीं। इसके बाद धीरे-धीरे, पार्वती के गाल के नीचे उभरे दागों की अच्छी तरह परीक्षा करके, उसने एक लम्बी सांस खींची और कहा—'ओह!'

पार्वती ने कुछ हंसकर और उसके मुंह की ओर देखकर कहा—'क्या?'

'बहुत लग गई, क्यों री पारू?'

सिर हिलाकर पार्वती ने कहा—'हूं!'

'ओह, क्यों ऐसा काम करती हो? इसी से तो गुस्सा आता है और मैं मार देता हूं।'

पार्वती की आंखें छलछला गईं। उसके मन में आया कि पूछे, वह ऐसा क्या करती है? परंतु पूछ नहीं सकी।

देवदास ने उसके सिर पर हाथ रखकर कहा—'फिर तो ऐसा नहीं करोगी?'

पार्वती ने सर हिलाकर कहा—'नहीं।'

देवदास ने फिर एक बार उसकी पीठ ठोंकते हुए कहा—'अच्छा, मैं भी अब कभी तुम्हें नहीं मारूंगा।'

## (3)

दिन-पर-दिन बीतते गए--इन दोनों बालक-बालिका के आमोद-प्रमोद का ठिकाना नहीं था। दिन-भर धूप में घूमते, शाम को लौटने पर मार खाते; सुबह ही उठकर फिर भाग जाते और फिर मार-पीट और धमकी सुनते। रात को बेफिक्री से सोते, और सुबह ही फिर भागकर खेल-कूद में लग जाते। दूसरा कोई संगी-साथी था नहीं, आवश्यकता भी नहीं थी। मुहल्ले में उत्पात मचाने और अत्याचार करने के लिए ये दो जने ही काफी थे। उस दिन सूर्योदय के पहले ही, दोनों बांध पर हाजिर थे। दोपहर को आंखें लाल किए, सब पानी गंदला करके, पंद्रह-ठो छोटी-छोटी मछलियां पकड़कर योग्यतानुसार आपस में बंटवारा कर दोनों घर लौटे। पारू की मां ने, बेटी को रोज की तरह मार-पीटकर घर में बंद कर दिया। देवदास की बात ठीक मालूम नहीं—इन सब बातों को वह किसी तरह भी प्रकट नहीं करता। पार्वती जब घर में बैठकर खूब रो रही थी—तब करीब दो-ढाई बजे जंगले के ठीक नीचे आकर अत्यंत मीठे स्वर से उसने पुकारा—'पारू, ओ पारू!' लगता है, जैसे पार्वती ने सुना, परंतु क्रोध के कारण जवाब नहीं दिया। इसके बाद देवदास ने सारा दिन, पास ही एक चम्सा के गांछ पर बैठकर गुजार दिया और शाम को भी धर्मदास बहुत प्रयत्न करके, समझा-बुझाकर उसे घर ले जाने में सफल हुआ।

यह केवल उसी दिन हुआ। दूसरे दिन पार्वती देव भैया का इंतजार करती रही, किंतु देवदास नहीं आया—वह पिता के साथ,

पास ही किसी गांव में, न्योते पर गया था। देवदास जब नहीं आया, तो उदास होकर, पार्वती अकेले ही घर से बाहर हो गई। कल बांध पर, देवदास ने पार्वती को तीन रुपए रखने को दिए थे, ताकि भूल न जाएं। आंचल में वे तीनों रुपए बंधे थे। आंचल और अपने आपको देखते हुए उसने काफी समय गुजार दिया। संगी-साथी कोई मिला नहीं, क्योंकि सुबह से स्कूल खुल जाता था। पार्वती तब उस मुहल्ले की ओर चली, जहां मनोरमा का घर था। मनोरमा स्कूल में पढ़ती थी, उम्र में वह कुछ बड़ी अवश्य थी, परंतु थी पार्वती की सहेली। कई दिन से भेंट नहीं हुई थी। समय पाकर आज पार्वती ने उस मुहल्ले में, उसके घर जाकर पुकारा—'मनो, अंदर हो क्या?'

मनोरमा की बुआ आहर आई।

'पारू?'

'हां, मनो कहां है बुआ?'

'वह तो स्कूल गई है—तुम क्यों नहीं गईं?'

'मैं स्कूल नहीं जाती, देव भैया भी तो नहीं जाता!'

'ये अच्छी बात है, किन्तु मनो तो स्कूल गई है।'

हंसकर मनोरमा की बुआ ने कहा—'तो अच्छा है! तुम भी नहीं जातीं और देव भैया भी नहीं जाता?'

'नहीं, हम दोनों में से कोई नहीं जाता।'

बुआ ने बैठने को कहा, परंतु पार्वती लौट आई। रास्ते में रसिकपाल की दूकान के पास, तीन वैष्णवियां हाथ में खंजड़ी लिए, भिक्षाटन करने जा रही थीं। पार्वती ने उन्हें पुकारकर कहा—'ओ वैष्णवी, तुम गाना जानती हो?'

एक ने लौटकर कहा—'जानती हूं, बिटिया!'

'तो गाओ न!' तब तीनों लौटकर खड़ी हो गईं। एक ने कहा—'गाना क्या यों ही होता है, बेटी? भीख देनी पड़ती है। तुम्हारे घर चलकर गाएंगी।'

'नहीं, यहीं गाओ न!'

'पैसा जो देना होगा, बेटी!'

पार्वती ने आंचल दिखाकर कहा—'पैसा नहीं, रुपया है!'

आंचल में बंधा रुपया देखकर, वे दूकान से कुछ दूर हट गईं। इसके बाद खंजड़ी बजाकर, तीनों ने एक स्वर से गाना शुरू किया। क्या गाना हुआ, क्या उसका मतलब हुआ—पार्वती कुछ नहीं समझ सकी। अगर चाहती, तो भी नहीं समझ पाती, किंतु उसी दम उसे देव याद आ गया।

गाना खत्म करके उन लोगों ने कहा—'जो भिक्षा देना हो, दो न बेटी!'

आंचल की गांठ खोलकर, पार्वती ने उनके हाथ पर तीन रुपए रख दिए। तीनों अवाक् होकर कुछ देर तक उसका मुंह देखती रह गईं।

एक ने कहा—'किसका रुपया है, बिटिया?'

'देव भैया का!'

'वे तुम्हें मारेंगे तो नहीं?'

पार्वती ने कुछ सोचकर कहा—'नहीं!'

एक ने कहा—'जीती रहो बेटी!'

पार्वती ने हंसकर कहा—'तुम तीनों को काफी हिस्सा मिल गया, क्यों?'

तीनों ने ही सिर हिलाकर कहा—'हां, मिल गया! राधारानी तुम्हारा भला करें।' यह कहकर उन लोगों ने दिल से आशीर्वाद दिया, ताकि वह दानशील लड़की मार न खाए। पार्वती उस दिन जल्दी ही घर लौट आई। दूसरे दिन सवेरे ही उसकी देवदास से भेंट हुई। उसके हाथ में एक छोटी-सी लटाई थी—पतंग नहीं थी, खरीदना होगा। पार्वती को करीब देखकर कहा—'पारू, रुपया लाओ!'

पार्वती का मुंह सूख गया, वह बोली—'नहीं है।'

'क्या हुआ?'

'वैष्णवियों को दे दिया। उन्होंने गाना गया था।'

'क्या सभी दे दिए?'

'सब? तीन ही तो थे!'

'धत् कम्बख्त, क्या सभी दे दिया जाता है?'

'वाह! वह तो तीन थीं। तीन नहीं देने पर तीनों को क्या हिस्सा मिलता?'

गंभीर होकर देवदास ने कहा—'मैं होता, तो दो रुपए देता!' यह कहकर, उसने लटाई के डण्डे से जमीन पर निशान खींचकर कहा—'ऐसा करने से उन्हें दस आना, तेरह गण्डा, एक कौड़ी और एक क्रांति के बराबर-बराबर हिस्से मिल जाते।'

पार्वती से सोचकर कहा—'क्या वे हिसाब जोड़ना जानती हैं?'

देवदास ने मन, सेर, छटांक तक का हिसाब सीखा था। पार्वती की बात सुनकर प्रसन्न होकर उसने कहा—'यही तो मैं भी कहता हूं!'

पार्वती ने देवदास का हाथ पकड़कर कहा—'मैंने सोचा था देव भैया, कि तुम मुझे मारोगे।'

देवदास को आश्चर्य हुआ, बोला—'मारूंगा क्यों?'

'वैष्णवियों ने कहा था कि तुम मुझे मारोगे।'

बात सुनकर, देवदास ने अत्यंत प्रमुदित होकर, पार्वती के कंधे पर भार देकर कहा—'धत्, बिना कसूर क्या मैं कभी मारता हूं तुम्हें?'

शायद देवदास ने मन में सोचा था कि पार्वती का यह कार्य इंडियन पीनल कोड के अंदर नहीं आता, क्योंकि तीन रुपए में तीनों को ठीक-ठीक हिस्सा मिलेगा। विशेषतः जिन वैष्णवियों ने स्कूल में मन, सेर, छटांक तक का हिसाब नहीं सीखा है, उन्हें दो रुपया देना, उन पर भारी अत्याचार करना है। इसके बाद वह पार्वती का हाथ पकड़कर, गुड्डी खरीदने के लिए छोटे बाजार की ओर चल पड़ा, और लटाई को उसने वहीं, एक झाड़ी में छिपाकर रख दिया।

## (4)

इस तरह एक साल कट गया। किंतु और कटने का जैसे नाम ही नहीं लेता। देवदास की मां काफी शोरगुल मचाने लगीं। स्वामी को बुलाकर बोलीं—'देवा तो बेवकूफ हलवाहा बन गया—इसका कुछ उपाय तो करो।'

उन्होंने कुछ सोचकर कहा—'देव कलकत्ता चला जाए। नगेन के डेरे पर रहकर, मजे में पढ़-लिख सकता है।'

रिश्ते में नगेन बाबू देवदास के मामा लगते थे। यह बातचीत सबने सुनी। पार्वती सुनकर भयभीत हो उठी। देवदास को अकेले में पाकर, उसका हाथ पकड़कर हिलाते-हिलाते बोली—'देव भैया, सुनती हूं कि तुम कलकत्ता जाओगे?'

'किसने कहा तुमसे?'

'बड़े चाचा जी ने कहा।'

'धत्, कुछ हो, मैं नहीं जाऊंगा।'

'और यदि जबर्दस्ती भेज दें, तो?'

'जबर्दस्ती?'

देवदास ने उस समय ऐसी भाव-भंगिमा दिखलाई, कि पार्वती समझ गई कि उस पर जबर्दस्ती भार लादने वाला पृथ्वी पर अभी तक कोई नहीं जन्मा है। वह भी तो यही चाहती है। इसलिए बहुत खुश होकर, एक बार और उसका हाथ पकड़कर उसने अगल-बगल हिलाया, और मुंह निहारकर हंसकर कहा—'देखो, जाना मत, देव भैया!'

'कभी नहीं।'

किंतु उसकी यह प्रतिज्ञा रही नहीं। हमेशा की तरह उसके पिता ने बकझक करके, डांट-डपटकर उसे धर्मदास के साथ कलकत्ता भेज ही दिया। जाने के दिन, देवदास ने मन-ही-मन काफी व्यथा महसूस की। नई जगह जाने से उसे किसी तरह कौतूहल और प्रसन्नता नहीं हुई। पार्वती उस दिन उसे किसी तरह भी छोड़ना

नहीं चाहती थी। कितना रोना-धोना मचाया उसने, परंतु कौन उसकी बात सुनेगा! पहले तो स्वाभिमान के कारण, कुछ देर तक उसने देवदास से बातचीत नहीं की, किंतु बाद में देवदास ने पुकारकर कहा—'पारू, फिर मैं जल्दी आ जाऊंगा। यदि नहीं भेजेंगे, तो भाग आऊंगा।'

तब पार्वती ने स्थिर होकर, अपने क्षुद्र हृदय की कितनी ही बातें कह डालीं। उसके बाद घोड़ागाड़ी पर चढ़कर, पोर्टमाण्टो लेकर, अपनी माता का आशीर्वाद और उनके आंखों की अंतिम बूंद—टीके की तरह माथे पर लेकर यह चला गया।

पार्वती को बड़ी तकलीफ हुई, उसकी आंखों का बहुत सारा पानी, उसके गालों पर ढुलककर नीचे गिर गया और मारे अभिमान के उसकी छाती फटने लगी। शुरू में कई दिन उसके यों ही बीते। इसके बाद उसने एक दिन सवेरे उठकर देखा कि दिन-भर उसको कोई काम नहीं है। इसके पहले, स्कूल छोड़ने के बाद से, सुबह से शाम तक का उसका समय उत्पात और अत्याचार में बीत ही जाता था। तब उसके पास बहुत काम रहता था—समय ही नहीं मिलता था। आज काफी समय गुजर गया, परंतु खोजने पर भी कोई काम नहीं मिला। सुबह ही उठकर, किसी दिन चिट्ठी लिखने बैठती। दस बज जाते, मां नाराज हो जाती। दादा ने सुना तो कहा—'आहा, उसे लिखने दो! सुबह उठकर दौड़-धूप करने की अपेक्षा, पढ़ना-लिखना ज्यादा अच्छा है।'

और जिस दिन देवदास का पत्र आता, तो उस दिन पार्वती बहुत खुश रहती। जीने के दरवाजे पर, चौखट के ऊपर चढ़कर, वही कागज हाथ में लिए वह दिन-भर पढ़ती रहती। इस तरह दो महीने बीत गए। अब जल्दी-जल्दी चिट्ठी नहीं आती-जाती। उत्साह भी जैसे कुछ-कुछ कम होने लगा।

एक दिन सुबह ही, पार्वती ने मां से कहा—'मां, मैं फिर स्कूल जाऊंगी!'

'क्यों जाएगी रे?'

—वे विस्मित हो गईं। सिर हिलाकर पार्वती ने कहा—'मैं अवश्य जाऊंगी!'

'जो जाओ। स्कूल जाने के लिए मैंने तुम्हें कब मना किया है, बेटी?'

उसी दिन दोपहर को, पार्वती दासी का हाथ पकड़कर, बहुत दिनों से छोड़ी हुई स्लेट और किताब ढूंढ़कर, उसी पुराने स्कूल में, शांति और धैर्य के साथ गई।

दासी ने कहा—'गुरुजी, पार्वती को और मत मारिए-पीटिएगा, वह स्वयं ही स्कूल आई है। जब तक इच्छा होगी, पढ़ेगी; नहीं तो घर चली जाएगी।'

पण्डित महाशय ने मन-ही-मन कहा—'तथास्तु'

फिर जोर से कहा—'अच्छा, ठीक है।'

एक बार उनके मन में आया कि पूछें, कि पार्वती को भी कलकत्ता क्यों नहीं भेज दिया गया? किंतु उन्होंने यह बात कही नहीं। पार्वती ने देखा कि उसी जगह, उसी बैंच पर, छात्र-सरदार भूलो बैठा है। उसे देखकर वह कुछ हंसने को हुई, परंतु दूसरे ही क्षण उसकी आंखों में आंसू भर आए; उसके बाद भूलो के ऊपर उसे बहुत गुस्सा आया। उसके मन में आया कि उसी की वजह से देवदास को घर छोड़ना पड़ा। इस तरह भी काफी दिन गुजर गए।

बहुत दिनों के बाद देवदास घर लौटा। छूटते ही पार्वती के घर पहुंचा—बहुत-सी बातें हुईं। अधिक कुछ उससे कहने को था नहीं—और था भी, तो कह न सकी; किंतु देवदास ने बहुत कुछ कहा। सब ही प्रायः कलकत्ते की बातें थीं। उसके बाद एक दिन, गरमी की छुट्टी में आया हुआ देवदास फिर कलकत्ता चला गया। इस बार भी रोना-धोना हुआ, किंतु उसमें पहले जैसी गंभीरता नहीं थी। इस तरह चार साल गुजर गए। इन कई सालों में, देवदास के स्वभाव में इतना परिवर्तन आ गया कि उसे देखकर पार्वती ने, बिना किसी से कहे, रोते-रोते कई दफे आंखें मीच ली थीं। इसके पहले देवदास में जो देहातीपन था, शहर में रहने से वह बिलकुल

खत्म हो गया था। अब विलायती जूता, अच्छी पोशाक, अच्छा कपड़ा, छड़ी, सोने की चेन, घड़ी और बटन—यह सब न रहने पर, वह काफी लज्जा का अनुभव करता था। गांव की नदी के किनारे जाने की अब उसकी तबीयत नहीं होती; बल्कि उससे ज्याद मजा बंदूक लेकर शिकार खेलने में आता है। छोटी-छोटी मछलियां पकड़ने के बदले, बड़ी मछली फंसाने की इच्छा होती थी।

सामाजिक कथा, राजनीतिक चर्चा, सभा-सोसाइटी-क्रिकेट और फुटबॉल की आलोचना होती। हाय रे! कहां पार्वती और कहां उनका तालसोनापुर गांव! ऐसी बात नहीं कि बचपन की सुखदायिनी स्मृतियां उसके मन में आती ही नहीं—बल्कि अनेक झंझटों की वजह से, ये सब उसके मन में अधिक देर तक टिकती नहीं। फिर गर्मी की छुट्टी हुई। पिछले साल गर्मी की छुट्टी में, देवदास विदेश भ्रमण करने गया था—घर नहीं आया। इस बार माता-पिता दोनों ने ही जिद्द करके पत्र लिखा था, इसी से इच्छा न होने पर भी, देवदास बोरिया-बिस्तर बांधकर, तालसोनापुर जाने के लिए हावड़ा स्टेशन पर आ पहुंचा। जिस दिन घर आया, उस दिन उसकी तबियत अच्छी नहीं थी, इसी से बाहर नहीं निकल सका। दूसरे दिन पार्वती के घर आकर पुकारा—'चाची!'

पार्वती की मां ने आदर के साथ बुलाया—'आओ भैया, बैठो।'

चाची के साथ कुछ देर तक बातचीत करने के बाद देवदास ने पूछा—'चाची, पार्वती कहां है?'

'शायद वह ऊपर के घर (कमरे) में है।'

देवदास ने ऊपर आकर देखा—पार्वती संध्यादीप जला रही थी। उसने पुकारा—'पारू!'

पहले तो पार्वती सकपका गई, उसके बाद प्रणाम करके एक ओर खड़ी हो गई।

'क्या हो रहा है, पारू?'

यह बात कहने की जरूरत नहीं थी—इसी से पार्वती चुप रह गई। उसके बाद देवदास लज्जित होने लगा; कहा—'जाता हूं, शाम हो गई। तबीयत ठीक नहीं है।' और वह चला गया।

## (5)

पार्वती ने तेरहवें वर्ष में कदम रखा है—ऐसा दादी कहती हैं। इस उम्र में शारीरिक सौंदर्य, अकस्मात जैसे कहीं से आकर, किशोरी के अंग-अंग पर छा जाता है। अपने सगे-संबंधी ही एक दिन चौंककर देखते हैं कि उनकी छोटी-सी बच्ची अब सयानी हो गई। उसके विवाह के लिए बहुत जल्दी मच जाती है। चक्रवर्ती जी के घर, आज कई दिनों से यही चर्चा छिड़ी हुई है। पारू की माता बहुत चिंतित हो जातीं, बात-बात में पति को सुनाकर कहती हैं—पारू को इस तरह रखना तो अब अच्छा नहीं लगता।' वे लोग कोई बड़े आदमी नहीं हैं, परंतु उनको एक यही भरोसा है कि लड़की अत्यंत सुशील है। संसार में सौंदर्य की जब तक कदर है, तब तक पार्वती के लिए चिंता की कोई बात नहीं। एक और बात है—उसे अभी बताए देता हूं। अब तक चक्रवर्ती महाशय के परिवार में, कन्या की शादी के लिए उतनी चिंता नहीं होती थी, जितनी पुत्र की शादी में। वे लोग कन्या की शादी में दहेज लेते, और पुत्र की शादी में दहेज देकर बहू को घर लाते। नीलकण्ठ के पिता ने भी अपनी लड़की की शादी में रुपया लिया था, किन्तु स्वयं नीलकण्ठ को यह प्रथा बुरी लगती थी। उसकी तनिक भी इच्छा नहीं थी, कि पार्वती को बेचकर धन प्राप्त करें। पार्वती की मां यह बात जानती हैं। इसी से पुत्री के लिए, पति से बार-बार तकाजा करती हैं। पहले पार्वती की मां को, मन-ही-मन एक बड़ी आशा थी—सोचती थीं कि किसी तरह देवदास के साथ पुत्री की शादी कर सकतीं। इस तरह की आशा रखना बिलकुल बेकार है, ऐसा उन्होंने नहीं सोचा था। सोचती थीं कि देवदास के अनुरोध करने पर, कोई-न-कोई रास्ता

निकल ही आएगा। लगता है कि इसी से, नीलकण्ठ की माता ने बात-ही-बात में इस तरह जिक्र किया—'अहा, बहू! देवदास और हमारी पारू में कितना प्रेम है! इस तरह का प्रेम बहुत कम देखा जाता है।'

देवदास की माता ने कहा—'ऐसा क्यों नहीं हो, चाची—ये दोनों भाई-बहन एक साथ ही तो बड़े हुए हैं।'

'हां, बहू, हां—इसी से तो मन में आता है यदि दोनों की... .यही देखो न बहू, कि देवदास जब कलकत्ता गया, तो उसकी उम्र कुल आठ साल की थी—उसी उम्र में, चिंता के मारे वह जैसे काठ हो गई। देवदास की जब कोई चिट्ठी आती है, तो वह जैसे उसके लिए जप-माला बन जाती है। हम सभी यह जानते हैं।'

मन-ही-मन देवदास की मां सब-कुछ समझ गईं, थोड़ा हंसी। पता नहीं, इस हंसी में कितना कटाक्ष भरा था, परंतु वेदना बहुत थी। वे सब बातें जानती हैं, पार्वती को बहुत प्यार भी करती हैं। किंतु यह कन्या-विक्रय करने वाले घर की लड़की है। उसके अलावा, पड़ोस का ही परिवार।

'छिः, छिः'—वे बोलीं—'चाची, मालिक की तो बिलकुल इच्छा नहीं है। उनका कहना है कि यह बच्चों के पढ़ने-लिखने का समय है, अभी देवदास की शादी नहीं होगी। इसी से तो मालिक मुझे अभी भी उलाहना देते हैं कि बड़े लड़के द्विजदास की बचपन में ही शादी कर देने से कितना सर्वनाश हुआ। उसकी पढ़ाई-लिखाई बिलकुल ही नहीं हुई।'

पार्वती की दादी बिलकुल झेंप गईं। उन्होंने फिर भी कहा—'यह सब तो मालूम है, बहू! तुम क्या समझती हो—कि पार्वती सयानी हो गई है? उसका तो गठन ही ऐसा है।—इसलिए यदि नारायण की इच्छा हुई—'

देवदास की मां ने बात काटकर कहा—'नहीं चाची, यह बात तो मैं उसके लिए नहीं कह सकती। इस समय देवदास की शादी की बात चलाने पर, 'वह' क्या मेरा मुंह भी देखेंगे?'

बात यहीं दब गई। किंतु औरतों के पेट में बात पचती नहीं। मालिक के खाते समय, देवदास की माता ने जिक्र छेड़ते हुए कहा—'पारू की दादी आज उसकी शादी की बातचीत चला रही थीं।'

मालिक ने सिर उठाया और कहा—'हां, पारू की उम्र हो गई है। उसका शीघ्र विवाह कर देना, उनका कर्तव्य है।'

इसीलिए तो बातचीत छेड़ी थी। बोलीं—'देवदास के साथ यदि....'

स्वामी ने नाक-भौं सिकोड़कर कहा—'तुमने क्या कहा?'

'मैं क्या कहूंगी! दोनों में बहुत प्रेम है, किंतु महज इतने से ही क्या लड़की खरीदने-बेचने वाले चक्रवर्ती के घर की लड़की लाएंगे? और उसके अलावा पड़ोस का ही परिवार—छिः-छिः!'

मालिक को संतोष हुआ। बोले—'बिलकुल ठीक। खानदान की क्या हंसी उड़वाऊंगा? इन सब बातों का ख्याल मत किया करो।'

सूखी हंसी हंसकर गृहिणी ने कहा—'नहीं, मैं तो ख्याल नहीं करती, परंतु तुम भी मत करना।'

कौर उठाते हुए, मालिक ने गंभीर भाव से कहा—'अगर मैं ऐसा करता, तो इतनी बड़ी जमींदारी कभी की समाप्त हो गई होती।'

उनकी जमींदारी हमेशा बनी रहे—उससे मुझे कोई आपत्ति नहीं है। परंतु पार्वती के दुःख की बात कहता हूं। जब इस प्रस्ताव के अस्वीकार कर देने की बात नीलकण्ठ के कान में पड़ी, तो मां को बुलाकर, उन्हें बुरा-भला कहते हुए बोले—'मां, क्यों तुम ऐसी बात कहने गईं?'

मां चुप रह गई। नीलकण्ठ कहने लगे—'बच्ची की शादी के लिए हमें किसी का पैर नहीं पकड़ना पड़ेगा; बल्कि कितने ही हमारे पैर पकड़ेंगे। मेरी बेटी सुंदर है। देखो, मैं तुम्हें बतलाए देता हूं, एक

हफ्ते के अंदर ही उसका संबंध स्थिर कर दूंगा। विवाह के लिए कैसी चिंता?'

लेकिन—उसके लिए पिता ने इतनी बड़ी बात कह दी, उस पर जैसे वज्रपात हो गया। बचपन से ही उसकी यह धारणा थी, कि देवदास पर उसका अधिकार है। यह अधिकार किसी ने उसके हाथ में दे दिया हो, ऐसी बात नहीं। पहले वह स्वयं ठीक-ठीक कुछ समझ न सकी—अनजाने ही यह अधिकार बड़ी व्यग्रता से, दिनों-दिन शांत भाव से उसके मन में इस तरह स्थिर हो गया कि आज तक कोई दूसरी सूरत, बाह्य जगत् में उसकी नजर में नहीं आई; किंतु आज उसके खो देने की बात उठते ही उसका सम्पूर्ण हृदय एक भयानक तूफान से भर उठा।

किंतु देवदास के साथ ठीक ऐसी ही बात नहीं थी। बचपन में जब उसने पार्वती के ऊपर अधिकार जमाया था, तब अधिकार का पूर्ण रूप से उसने लाभ भी उठाया। किंतु कलकत्ता जाकर, कुछ काम करने के उत्साह में, और कुछ मनोरंजन के और साधनों में फंसकर, पार्वती को वह भूल गया था। किंतु वह यह नहीं जानता था कि पार्वती, गांव के अपने उस एकांत घर में, रोज ही उसे याद किया करती है। और इतना ही नहीं, वह सोचती थी कि बचपन से ही जिसे बिल्कुल अपना समझा, उचित-अनुचित सब कुछ जिसके लिए बर्दाश्त किया, यौवन के प्रथम चरण में ही उसे एकाएक खो देना नहीं हो सकेगा। लेकिन तब किसने विवाह के बारे में सोचा था? कौन जानता था कि केवल उस किशोर उम्र के संबंध से, विवाह की बात पक्की नहीं हो सकती। इसलिए यह सुनते ही कि विवाह नहीं हो सकेगा, उसके हृदय की सम्पूर्ण आशा-आकांक्षा, उसकी छाती के भीतर टूक-टूक हो जाने के लिए खींचातानी करने लगी। किंतु देवदास को सुबह से ही पढ़ना-लिखना पड़ता है; फिर दोपहर को काफी गर्मी पड़ती है, इसलिए घर से बाहर नहीं निकलना होता। और फिर तबीयत होने पर, शाम को ही थोड़ा बाहर निकल पाते थे। शाम के समय वे किसी दिन बढ़िया कपड़ा

पहनकर, पैरो में अच्छे जूते डालकर और हाथ में छड़ी लेकर, टहलने के लिए मैदान में निकल जाते। जाते समय पार्वती के मकान के निकट से ही गुजरते—ऊपर जंगले से पार्वती आंखें पोंछते-पोंछते देखती, उसे कितनी ही बातें याद आतीं। याद आता कि दोनों बड़े हो गए हैं—बहुत दिनों तक बाहर रहने की वजह से, उन्हें आपस में बड़ी शर्म मालूम होती थी। देवदास उस दिन वैसे ही चला गया। शर्म मालूम होती थी इसलिए वह अच्छी तरह उससे बातचीत नहीं कर पाता था। यह सब पार्वती भी जानती थी।

देवदास का भी यही ख्याल था। बीच-बीच में उससे बातचीत करने की, उसे अच्छी तरह देखने की इच्छा होती थी, किंतु वह सोचता, क्या यह ठीक होगा?

इस बीच कलकत्ते जैसा शोरगुल, आमोद-प्रमोद, थियेटर, गाना-बजाना नहीं रहा। इसीलिए उसे बचपन की बातें याद आतीं। वह सोचता कि पारू अब पार्वती हो गई है। पार्वती सोचती कि वही देव'दा अब देवदास बाबू बन गए हैं। देवदास अब अक्सर ही चक्रवर्ती के घर के बगल से गुजरता। किसी दिन अगर वह दरवाजे पर रुककर पुकारता—'चाची क्या हो रहा है?'

चाची कहती—'आओ भाई बैठो।'

देवदास उसी तरह कहता—'नहीं चाची, ठहरो, जरा मैं टहल आऊं।'

पार्वती किसी दिन ऊपर रहती और किसी दिन सामने आ जाती। देवदास जब चाची से बात करता, तो पार्वती धीरे-धीरे वहां से चली जाती। रात को देवदास के कमरे की बत्ती जलती। गरमी के दिनों में, पार्वती खिड़की खोलकर बड़ी देर तक उसे देखती रहती, मगर कुछ भी दिखाई नहीं देता। पार्वती हमेशा से स्वाभिमानी थी। वह जो दुःख भुगत रही थी, उसका अणु मात्र भी कोई समझ नहीं सके, इसके लिए पार्वती हमेशा सचेत रहती थी। और दूसरों को कहने से फायदा ही क्या? सहानुभूति वह सहन नहीं कर सकती—और तिरस्कार, लांछना—उसके लिए तो इसकी अपेक्षा

मौत कहीं बेहतर थी। पिछले साल मनोरमा की शादी हो गई थी। अब भी वह ससुराल नहीं गई थी, इसलिए बीच-बीच में चली आती। पहले दोनों सखियां मिलकर यह सब बातें करतीं; अब भी होती हैं, परंतु पार्वती उसमें साथ नहीं देती—कभी बात होती तो वह चुप रह जाती या बात ही पलट देती।

पार्वती के पिता कल रात को घर लौट आए। कई दिनों से वे वर ढूंढ़ने के लिए बाहर गए थे। अब विवाह तय करके घर लौटे हैं। कोई बीस-पच्चीस कोस की दूरी पर, वर्द्धमान जिले के हाथीपोता गांव के जमींदार को ही वर चुना गया है। स्थिति अच्छी है, उम्र चालीस के नीचे ही है—पिछले साल पत्नी मर गई, इसीलिए फिर शादी करेंगे। ऐसी बात नहीं है कि खबर सुनकर घर के सभी लोग प्रसन्न हुए हों; बल्कि इससे सबको दुःख ही हुआ। बात यह है कि भुवन चौधरी के यहां से कुल कोई दो-तीन हजार रुपए मिल जाएंगे। इसी से पत्नी भी चुप रह गई।

एक दिन दोपहर को देवदास भोजन करने बैठा था। मां ने पास ही बैठकर कहा—'पारू की तो शादी हो रही है।'

मुंह उठाकर देवदास ने पूछा—'कब?'

'इसी महीने! कल लड़की को देख गए। वर स्वयं ही आया था।'

देवदास को कुछ आश्चर्य हुआ—'क्यों, मैं तो कुछ नहीं जानता मां!'

'तुम जानोगे कैसे? वर दुआहा है—उम्र बड़ी हो गई है। लेकिन रुपया-पैसा काफी है, पारू सुख से रह सकेगी।'

सिर झुकाकर देवदास भोजन करने लगा। उसकी मां कहने लगी—'उन लोगों की इच्छा तो हमारे ही घर में कर देने की थी।'

देवदास ने सिर उठाया—तब मां हंसी—छिः, यह कैसे होता! वह बेटियों का क्रय-विक्रय करने वाला छोटा खानदान और फिर पड़ोस में ही शादी! छिः-छिः!!'—कहकर मां ने होंठ सिकोड़ लिए। देवदास ने इसे देखा।

कुछ देर तक चुप रहकर मां ने फिर कहा—'मालिक को मैंने बतला दिया था।'

देवदास ने सिर उठाकर पूछा—'बाबूजी ने क्या कहा?'

'कहेंगे क्या? इतने बड़े खानदान की बेइज्जती तो होने नहीं देंगे—यही मुझे सुना दिया।'

देवदास ने और कुछ नहीं कहा।

उसी दिन दोपहर को, मनोरमा और पार्वती में बातचीत हुई। पार्वती की आंखों में आंसू देखकर मनोरमा ने उन्हें पोंछ दिया। मनोरमा ने कहा—'तब क्या उपाय है, बहन?'

आंखें पोंछकर पार्वती ने कहा—'उपाय क्या है? अपने वर को क्या तुमने पसंद करके विवाह किया था?'

'मेरी बात अलग है। मेरी पसंदगी नहीं थी, मगर नापसंद भी नहीं था, इसलिए हमें कोई तकलीफ नहीं है। किंतु तुमने तो अपने ही पैरों में कुल्हाड़ी मार ली, बहन!'

पार्वती ने जवाब नहीं दिया—सोचने लगी।

पता नहीं क्या सोचकर, मनोरमा ने हंसकर कहा—'पारू, वर की उम्र क्या है?'

'किसका वर?'

'तुम्हारा।'

पार्वती ने कुछ जोड़कर कहा—'करीब-करीब उन्नीस।'

मनोरमा को बड़ा आश्चर्य हुआ, बोली—'यह कैसे? मैंने तो सुना कि लगभग चालीस है!'

इस बार पार्वती भी कुछ हंसी—'मनो दीदी, कितने लोगों की उम्र चालीस साल है, मैं क्या हिसाब रखती हूं? मेरे वर की उम्र उन्नीस-बीस साल की है, मैं तो यही जानती हूं।'

उसके मुंह की ओर देखकर मनोरमा ने पूछा—'नाम क्या है रे?'

पार्वती अब हंस पड़ी—'इतने दिनों तक, क्या तुम्हें यह भी नहीं मालूम?'

'कैसे जानती?'

'नहीं जानती? अच्छा बतला देती हूं!' कुछ हंसकर, फिर कुछ गंभीर होकर, पार्वती ने उसके कान के पास मुंह ले जाकर कहा—'नहीं जानती?—श्री देवदास!'

मनोरमा पहले कुछ चौंक गई। फिर उसे ढकेलकर कहा—'और मजाक की जरूरत नहीं। अभी बता दो कि नाम क्या है, नहीं तो फिर नहीं बतला पाओगी—'

'यही, जो बताया।'

मनोरमा ने चिढ़कर कहा—'अगर देवदास ही नाम है—तो रो-रोकर मर क्यों रही है?'

एकाएक पार्वती उदास हो गई। पता नहीं क्या सोचकर बोली—'तो रहने दो। अब रोना-धोना नहीं करूंगी—'

'पारो!'

'क्या?'

'सभी बातें साफ-साफ बतलाओ न, बहन! मैं कुछ भी नहीं समझ सकी।'

पार्वती ने कहा—'जो कुछ कहने लायक था, कह दिया।'

'किंतु कुछ भी तो समझ में नहीं आया, रे!'

'मैं समझाऊंगी भी नहीं'—कहकर पार्वती ने एक ओर मुंह फेर लिया। मनोरमा ने सोचा—पार्वती बात छिपा रही है—अपने मन की बात वह शायद नहीं कहना चाहती। उसे काफी अभिमान हुआ; दुःखित होकर बोली—'जितना दुःख तुम्हें है, उतना मुझे भी है, बहन! तुम सुखी होवो, यही मेरी मनोकामना है। अगर तुम कोई बात नहीं कहना चाहतीं, तो मत कहो; किंतु इस तरह मुझसे तमाशा मत करो।'

पार्वती ने दुःखित होकर कहा—'मजाक नहीं कर ही हूं, दीदी! जितना मैं जानती हूं, उतना तुम्हें भी बतला दिया। मैं तो जानती हूं कि मेरे पति का नाम है देवदास! उम्र उनकी उन्नीस-बीस साल है—यही बात तुम्हें बतला दी।'

'किंतु दादी से तो मैंने सुना कि तुम्हारा विवाह कहीं और तय हुआ है!'

'तय कैसे हुआ? दादी के साथ तो विवाह होगा नहीं; होगा तो मेरे ही साथ। मैंने तो कभी यह बात सुनी नहीं।'

मनोरमा ने जो कुछ सुना था, कहने लगी। पार्वती ने रोककर कहा—'वह सब मैं सुन चुकी हूं—'

'तब वह देवदास तुम्हें....'

'मुझे क्या?'

हंसी दबाकर मनोरमा ने कहा—'तो शायद तुम स्वयंवरा हो! छिपे-ही-छिपे पक्का बंदोबस्त हो गया है?'

कुछ ठहरकर मनोरमा ने व्यथित स्वर में कहा—'तुमने जो कुछ कहा पारू, कुछ भी तो मेरी समझ में नहीं आता।'

पार्वती ने कहा—'तब देवदास से पूछकर तुम्हें समझा दूंगी।'

'क्या पूछोगी? वह विवाह करेगा या नहीं—यही न?'

पार्वती ने सिर हिलाया—'हां, यही!'

मनोरमा ने अत्यंत विस्मित होकर कहा—'क्या कहती हो, पारो? तुम खुद ही यह बात पूछोगी?'

'इसमें दोष क्या है दीदी?'

मनोरमा अवाक् हो गई—'क्या कहती हो खुद ही!'

'खुद ही! नहीं तो मेरे लिए कौन पूछेगा, दीदी?'

'लाज नहीं लगेगी?'

'लाज कैसी?—तुम से कहते क्या लाज लगी?'

'मैं तो स्त्री हूं, तुम्हारी सहेली; किंतु वह तो पुरुष है, पारू!'

अब पार्वती हंस पड़ी, बोली—'तुम सहेली हो, तुम अपनी हो—किंतु वे क्या पराए हैं? जो बात तुमसे कह सकी, वह क्या उनसे नहीं कही जा सकती?'

अवाक् होकर मनोरमा उसका मुंह देखती रह गई।

पार्वती ने हंसते हुए कहा—'मनो दीदी, झुठमुठ ही तुम अपने माथ में सिंदूर लगाए हो। पति किसे कहते हैं, यह नहीं जानतीं।

अगर वे मेरे स्वामी नहीं होते, अगर उनसे किसी तरह की लाज-शरम होती, तो मैं क्या उनके लिए इस तरह मरती रहती? छोड़ो दीदी, मरता क्या न करता, विष भी मीठा बन जाता है। उनसे मुझे कोई लाज-शरम नहीं है।'

मनोरमा उसका मुंह देखती रह गई। कुछ देर बाद बोली—'उनसे क्या कहोगी? कहोगी कि मुझे अपने पैरों में जगह दे दो?'

पार्वती ने सिर हिलाकर कहा—'ठीक, यही कहूंगी, दीदी!'

'और यदि वे जगह न दें?'

अबकी पार्वती बड़ी देर तक चुप रही। उसके बाद बोली—'तब की बात नहीं जानती, दीदी!'

घर लौटते समय मनोरमा सोचने लगी—'धन्य साहस! धन्य है उसकी छाती!! मैं मर जाऊं, तो भी ऐसी बात अपने मुंह पर नहीं ला सकूंगी!'

बात ठीक थी। तभी तो पार्वती ने कहा था—'बेकार ही माथे में सिंदूर लगाती हो, हाथ में चूड़ियां पहनती हो!'

## (6)

रात का लगभग एक बज गया था। तब भी आकाश में मलिन ज्योत्स्ना विद्यमान थी। पार्वती सिर से पैर तक बिछौने की चादर लपेटकर, शांत कदमों से, सीढ़ियों से नीचे उतर आई। चारों ओर देखा—कोई नहीं जाग रहा था। तब वह दरवाजा खोलकर धीरे से रास्ते पर आ गई। गांव का रास्ता बिलकुल एकांत, सुनसान—किसी के भी मिलने का डर नहीं था। बिना किसी बाधा के वह जमींदार के घर के सामने आकर खड़ी हो गई। ड्योढ़ी पर वृद्ध दरबान किशन सिंह चारपाई बिछाकर, तब भी तुलसीदास जी की रामायण पढ़ रहा था; पार्वती को अंदर जाते देखकर, नजर ऊपर किए बिना ही बोला—'कौन ?'

पार्वती ने कहा—'मैं!'

कण्ठस्वर सुनकर दरबान जी समझ गए कि कोई स्त्री है। घर की दासी समझकर और कोई बात पूछे बिना ही, गा-गाकर रामायण पढ़ने लगे। पार्वती चली गई। गरमी का मौसम था। बाहर सहन में कई नौकर सो रहे थे। उनमें से कुछ नींद में थे और कुछ जगे थे। नींद की झोंक में किसी ने अगर पार्वती को देखा भी, तो दासी समझकर कुछ कहा नहीं। बिना किसी बाधा के, पार्वती अंदर घुसकर सीढ़ियों से ऊपर चढ़ गई। इस घर का चप्पा-चप्पा उसे मालूम था। देवदास का कमरा पहचानते उसे देर नहीं लगी। दरवाजा खुला था और अंदर चिराग जल रहा था। अंदर आकर पार्वती ने देखा कि बिस्तर पर पड़ा देवदास सो रहा था। सिर के पास तब भी कोई किताब खुली पड़ी थी। वह समझ गई कि अभी-अभी सोए हैं। चिराग तेज करके, वह चुपचाप देवदास के पैरों के पास आकर बैठ गई। दीवार में लगी घड़ी ही महज टिकटिक कर रही थी, इसके अतिरिक्त सब कुछ शांत था, एकदम सन्नाटा!

उसके पैर पर हाथ रखकर, पार्वती ने धीरे-से पुकारा—'देव भैया!'

गहरी नींद में भी देवदास ने सुना, जैसे कोई बुला रहा हो। आंखें खोले बिना बोले—'ऊं—'

'ए देव भैया—'

अबकी देवदास आंखें मलते उठ बैठा। पार्वती के चेहरे पर कोई अनुराग नहीं था। घर का चिराग तेज था। तुरंत ही देवदास ने पहचान लिया, किंतु पहले जैसे विश्वास नहीं हुआ। उसके बाद कहा—'अरे तुम! पारो!'

'हां, मैं।'

देवदास ने घड़ी की ओर देखा। उसे और भी आश्चर्य हुआ, बोला—'इतनी रात को?'

पार्वती ने जवाब नहीं दिया, सिर झुकाए बैठी रही। देवदास ने फिर पूछा—'इतनी रात को क्या अकेले ही आई हो?'

पार्वती बोली—'हां!'

देवदास ने घबराकर पूछा—'क्या कहती हो! रास्ते में डर नहीं लगा?'

पार्वती ने हंसकर कहा—'भूत से मैं उतना नहीं डरती।'

'भूत से तो नहीं डरती, किंतु आदमी से तो डरती है। कैसे आई?'

पार्वती ने जवाब नहीं दिया, किंतु मन-ही-मन कहा—'इस समय मुझे यह भी पता नहीं।'

'अंदर कैसे आई? किसी ने देखा तो नहीं?'

'दरबान ने देखा है।'

देवदास ने आंखे फाड़कर कहा—'दरबान ने देखा है? और किसी ने देखा?'

'सहन में नौकर सो रहे हैं—हो सकता है, उनमें से भी किसी-किसी ने देखा हो।'

देवदास ने चारपाई से उछलकर दरवाजा बंद कर दिया। बोला—'किसी ने पहचाना तो नहीं?'

पार्वती ने बिना कोई उत्सुकता दिखलाए, सहज-भाव से कहा—'वे सभी मुझे जानते हैं; हो सकता है कि किसी ने मुझे पहचाना हो।'

'क्या कहती हो! ऐसा काम तुमने क्यों किया पारू!'

पार्वती ने मन-ही-मन कहा—'यह तुम कैसे समझोगे!' किंतु कुछ बोली नहीं—सिर झुकाए बैठी रही।

'इतनी रात को छिः-छिः! कल तुम मुंह कैसे दिखलाओगी?'

सिर झुकाए ही पार्वती ने कहा—'मुझमें इतना साहस है।'

बात सुनकर देवदास को क्रोध नहीं आया; किंतु अत्यंत उत्सुकता से बोला—'छिः-छिः! अब भी तुम बच्ची हो? इस बेला में इस तरह आते, क्या तुम्हें लाज नहीं लगी?'

पार्वती से सिर हिलाते हुए कहा—'बिलकुल नहीं।'

'कल क्या मारे लाज के तुम मर नहीं जाओगी?'

प्रश्न सुनकर, पार्वती अत्यंत कातर दृष्टि से क्षणभर देखदास का मुंह देखती रही, फिर निःसंकोच बोली—'अगर मैं निश्चित रूप से यह नहीं जानती कि मेरी सम्पूर्ण लाज तुम ढक लोगे, तो मारे लाज के अवश्य मर जाती।'

आश्चर्य से हतबुद्धि होकर देवदास ने कहा—'मैं! किंतु क्या मैं ही मुंह दिखला सकूंगा?'

पार्वती ने उसी तरह सहज भाव से उत्तर दिया—'तुम किंतु तुम्हारा क्या होगा, देव भैया?'

कुछ चुप रहकर फिर बोली—'तुम पुरुष हो। आज नहीं तो कल तुम्हारे कलंक की बात सभी भूल जाएंगे। दो दिन बाद किसी को भी याद नहीं रह जाएगी कि कभी किसी रात को, अभागिनी पार्वती अपना सब कुछ तजकर तुम्हारे पैरों पर सिर रखने के लिए आई थी।'

'यह क्या, पारू?'

'और मैं....'

मंत्रमुग्ध की तरह देवदास ने कहा—'और तुम?'

'मेरे कलंक की बात पूछते हो? नहीं—मुझ पर कलंक नहीं लगेगा। अगर मेरी निंदा इसलिए की जाए कि तुम्हारे पास मैं छिपकर आई थी, तो ऐरी निन्दा का मुझ पर कुछ भी असर नहीं पड़ेगा।'

'यह क्या, पारू! रोती हो?'

'देव भैया, नदी में बहुत पानी होता है। उतना पानी भी क्या मेरे कलंक को नहीं दबा सकेगा?'

सहसा देवदास ने पार्वती का हाथ पकड़ लिया—'पार्वती!'

पार्वती देवदास के पैरों के ऊपर माथा टेककर अवरुद्ध कण्ठ से बोल उठी—'यहीं थोड़ी जगह दो, देव भैया!'

इसके बाद दोनों ही चुप रहे। देवदास के पांवों से बहकर, बहुत-सारे अश्रुकण साफ बिस्तर पर गिरने लगे।

बहुत देर बाद, देवदास ने पार्वती का मुंह उठाकर कहा—'पार्वती, मेरे सिवा क्या तुम्हारा कोई उपाय नहीं है?'

पार्वती बोली—'नहीं।' वह उसी तरह पैरों के ऊपर माथा टेककर पड़ी रही। निस्तब्ध कमरे में आंसुओं से घिरी उसकी बेचैन सांस उठने-बैठने लगी। टन्-टन् करके घड़ी में दो बज गए। देवदास ने पुकारा—'पारू!'

पार्वती भर्राये स्वर से बोली—'क्या?'

'माता-पिता की बिलकुल इच्छा नहीं है, यह जानती हो?'

पार्वती ने सिर हिलाकर जवाब दिया कि वह जानती है। इसके बाद दोनों ही चुप रहे। बहुत क्षण बीत जाने के बाद, देवदास ने दीर्घ निःश्वास छोड़कर कहा—'तब कैसे होगा?'

पानी में डूबकर अंधा जिस तरह मिट्टी को पकड़ लेता है, और किसी तरह भी उसे छोड़ना नहीं चाहता—ठीक उसी तरह पार्वती देवदास के दोनों पैरों को जोर से पकड़े रही। उसके मुंह की ओर देखकर बोली—'मैं कुछ भी जानना नहीं चाहती, देव भैया!'

'पारू, मां-बाप की आज्ञा न मानूं?'

'हर्ज क्या है, मत मानो!'

'तब तुम रहोगी कहां?'

पार्वती रो उठी—'तुम्हारे पैरों में—'

फिर दोनों स्तब्ध रह गए। घड़ी में चार बज गए। गर्मी के दिनों की रात थी, थोड़ी देर में भोर होते देखकर, देवदास ने पार्वती का हाथ पकड़कर कहा—'चलो, तुम्हें घर पहुंचा आऊं—'

'मेरे साथ चलोगे?'

'हानि क्या है! अगर बदनामी होगी, तो बहुत उपाय हो सकेगा--तो चलो!'

दोनों निःशब्द कदमों से बाहर हो गए।

## (7)

दूसरे दिन पिता के साथ देवदास की थोड़ी देर तक बातचीत हुई।

पिता ने कहा—'तुमने हमेशा मुझे तड़पाया है, और जब तक

रहूंगा तब तक तड़पाते रहोगे। तुम्हारे मुंह से ऐसी बात सुनना, कोई आश्चर्य की बात नहीं।'

देवदास चुपचाप सिर झुकाए बैठा रहा।

पिता ने कहा—'मैं इस बात में दखल नहीं दूंगा। तुम और तुम्हारी मां मिलकर, जो इच्छा हो, करो।'

देवदास की मां ने यह बात सुनकर, रोकर कहा—'हे भगवान्, मेरे भाग्य में क्या यह भी बदा था?'

उसी दिन देवदास बोरिया-बिस्तर बांधकर कलकत्ता चला गया।

यह बात सुनकर, पार्वती के गंभीर मुंह से और भी गंभीर हंसी छूटी, और वह चुप रह गई। पिछली रात की बात कोई नहीं जानता, उसने भी किसी को नहीं बतलाया। तभी मनोरमा आकर, उसे पकड़कर बोली—'पारू, सुनती हूं कि देवदास चला गया!'

'हां।'

'तो, तुम्हारा क्या उपाय किया?'

उपाय की बात वह स्वयं नहीं जानती थी, दूसरों को क्या बतलाती? आज कई दिनों से, हर घड़ी वह यही सोचती रही; परंतु किसी तरह भी यह तय नहीं कर सकी, कि उसे कितनी आशा है और कितनी निराशा! एक बात यह है कि मनुष्य दुःख के समय में, जब आशा और निराशा का पारावार नहीं देख पाता, तब उसका दुर्बल मन अत्यंत भयभीत होकर, आशा के पास बंधा रह जाता है। जिससे उसका मंगल हो, उसी की वह आशा करने लगता है। इच्छा या अनिच्छा के बजाय वह अत्यंत उत्सुक होकर, तटस्थ भाव से देखना चाहती है। पार्वती की इस अवस्था में उसे इतनी आशा अवश्य हुई थी कि उसने विश्वास किया था कि कल रात की बात अवश्य ही विफल नहीं होगी। विफल होने पर उसकी क्या हालत होगी, वह उसने सोचा ही नहीं था। इसी से वह सोचती थी कि देव भैया फिर आएंगे, और मुझे पुकार कर कहेंगे—'पारू, अपने जीते-जी, मैं तुम्हें दूसरे के हाथ में नहीं जाने दे सकता!'

किंतु दो ही दिन बाद, पार्वती ने इस तरह का पत्र पाया—

'पार्वती, आज दो दिनों से तुम्हारी ही बात सोच रहा हूं। माता-पिता किसी की भी इच्छा नहीं है कि हमारी शादी हो। तुम्हें सुखी करने के लिए उन्हें इतना बड़ा आघात पहुंचाना होगा, जो मेरे लिए असाध्य है। इसके अलावा, उनके विरुद्ध मैं ऐसा करूंगा ही कैसे! पता नहीं, अब तुम्हें कब पत्र लिखूं! इसी से इस पत्र में सब कुछ खोलकर लिख रहा हूं। तुम नीच घर की हो! बेटी बेचने-खरीदने वाले घर की लड़की को मां किसी तरह भी घर नहीं लाएंगी। पड़ोस का ही घर है इससे भी उनकी नजर में यह क्षुद्रता है। बाबूजी की बात—वह सब तो तुम जानती ही हो। उस रात की बात याद करके बहुत कष्ट होता है। क्योंकि तुम्हारी जैसी अभिमानी लड़की कितनी व्यथा के कारण ऐसा काम कर सकी, यह मैं नहीं जानता।'

'एक बात और—तुम्हें मैंने बहुत प्यार किया हो, ऐसा मेरे मन मैं कभी नहीं आया—आज भी तुम्हारे लिए मैं कोई बहुत दुःख का अनुभव नहीं करता। फिर भी मुझे इसका दुःख है, कि मैरी खातिर तुम्हें दुःख भोगना पड़ा। मुझे भूल जाओ। मेरा हार्दिक आशीर्वाद है कि तुम सुखी होओ!—देवदास!'

जब तक देवदास ने पत्र को पोस्ट नहीं किया था, तब तक एक बात सोचता रहा; किंतु पोस्ट करने के बाद ही दूसरी बात सोचने लगा। हाथ को बेजा करते ही वह चुपचाप उसी ओर देखता रहा। एक अप्रत्याशित भय धीरे-धीरे उसके मन में पैदा होने लगा। उसने सोचा कि यह ढेला उसके माथे पर किस तरह लगेगा? बहुत जोर से लगेगा। वह बचेगी या नहीं! पोस्ट-ऑफिस से घर लौटते समय, हर कदम पर देवदास यही सोचता रहा कि उस रात उसके पैरों के ऊपर माथा रखकर वह किस तरह रो रही थी। क्या यह काम उचित हुआ? और इन सबके ऊपर देवदास यही सोचता रहा, कि स्वयं पार्वती का जब कोई दोष नहीं, तो माता-पिता ने मना क्यों किया? उम्र बढ़ने के साथ-साथ और कलकत्ते में रहकर, वह इस बात को समझ सकता था कि दिखावटी कुल-मर्यादा और

ऊंच-नीच के विचार पर जम करके, बेकार ही किसी की हत्या कर देना उचित नहीं। यदि पार्वती जीवित रहना न चाहे, यदि वह अपने भीतर की आग को नदी के पानी से शांत कर देने के लिए निकल पड़े, तो क्या विश्व पिता के चरणों में एक महापाप का दाग नहीं लग जाएगा?

हॉस्टल से लौटकर, देवदास अपने कमरे में सो गया। आजकल वह एक मेस में रहता है। मामा का घर बहुत दिनों पहले ही उसने छोड़ दिया था—वहां उसे किसी तरह की सुविधा नहीं थी। जिस कमरे में देवदास रहता था, उसी के बगल में चुन्नीलाल नामक एक नवयुवक, आज नौ साल से रहता आ रहा था। बी० ए० पास करने के लिए ही वह इतने दिनों से कलकत्ता में रहता आ रहा है।—आज तक भी कामयाब नहीं हो सका, इसीलिए अब भी उसे वहीं रहना पड़ रहा है। चुन्नी रोज ही शाम को घूमने निकल जाता था, और भोर होते-होते वापस लौटता था। अब तक हॉस्टल में कोई नहीं आया था। नौकरानी चिराग जलाकर चली गई। देवदास दरवाजा बंद करके सो गया।

इसके बाद एक-एक करके सभी चले आए। भोजन के समय उसे बुलाया गया, किंतु वह उठा नहीं। चुन्नीलाल कभी भी रात को डेरे पर नहीं लौटते, आज भी नहीं आए।

तब रात को एक बज गया था। हॉस्टल में देवदास के अलावा और कोई नहीं जगा था। वापस आकर चुन्नीलाल ने देवदास के कमरे के सामने खड़े होकर देखा कि दरवाजा बंद है, किंतु चिराग जल रहा है। पुकारकर कहा—'अरे देवदास, जाग रहे हो क्या?'

देवदास ने भीतर से ही जवाब दिया—'हां, तुम अभी कैसे लौट आए?'

चुन्नी ने थोड़ा हंसकर कहा—'हां, आज तबियत ठीक नहीं है।' कहकर चला गया। कुछ देर बाद वापस आकर कहा—'देवदास, दरवाजा खोल सकते हो?'

'क्यों नहीं?'

'तम्बाकू का कुछ इंतजाम है?'

'है।'—कहकर देवदास ने दरवाजा खोल दिया। तम्बाकू ठीक करते हुए चुन्नीलाल ने पूछा—'देवदास, अब तक जागते कैसे रहे?'

'रोज-रोज क्या नींद आती है?'

'नहीं आती?'

देवदास ने जैसे कुछ उपेक्षा करते हुए कहा—'मैं तो सोचता हूं कि तुम्हारे जैसे भले लड़के कभी आधी रात का मुंह नहीं देखते होंगे—आज मुझे एक नई बात मालूम हुई।' चुन्नीलाल ने तम्बाकू पीते-पीते कहा—'देवदास, इस बार घर से लौटकर जब से आए हो, तब से कुछ उदास दीखते हो। लगता है, जैसे तुम्हें कोई बहुत बड़ा दुःख पहुंचा हो!'

देवदास उदास हो गया। जवाब नहीं दिया।

'तबियत ठीक नहीं है, क्यों?'

आखिर देवदास बिछौने पर उठ बैठा। अत्यंत व्यग्रता से उसके मुंह की ओर देखकर बोला—'अच्छा चुन्नीलाल बाबू, तुम्हें क्या कोई दुःख नहीं है?'

चुन्नीलाल हंस पड़े—'कुछ नहीं।'

'इस जीवन में क्या कभी तुम्हें दुःख नहीं मिला?'

'ऐसा क्यों कहते हो?'

'सुनने के लिए मैं बहुत उत्सुक हूं।'

'तो कभी सुन लेना।'

'देवदास ने कहा—'अच्छा चुन्नी, तुम सारी रात रहते कहां हो?'

चुन्नीलाल ने हंसकर कहा—'यह क्या तुम नहीं जानते?'

'जानता हूं, किंतु ठीक-ठीक नहीं।'

उत्साह से चुन्नी का मुंह उज्ज्वल हो उठा। इन सब आलोचनाओं में कुछ था नहीं, केवल आंख की लाज थी; वह भी हमेशा के अभ्यास से कम हो गई थी। मजाक के तौर पर, आंखें

बंदकर बोला—'देवदास, अच्छी तरह से जानने के लिए ठीक हमारे तरह होना पड़ेगा। कल मेरे साथ चलोगे?'

देवदास कुछ सोचने लगा। उसके बाद कहा—'सुनता हूं कि वहां बड़ा मजा मिलता है। मन में कोई कष्ट नहीं रह जाता। क्या सच है?'

'सोलहो आने सच है।'

'तो यदि हो सके, तो मुझे भी लेते चलना—मैं चलूंगा।'

दूसरे दिन शाम होने से पहले ही, चुन्नीलाल ने देवदास के कमरे में आकर देखा, कि वह अपना माल-असबाब बांधने में व्यस्त है। आश्चर्यचकित होकर उसने पूछा—'अरे, यह क्या? चलोगे नहीं?'

देवदास ने बिना ऊपर देखे ही कहा—'हां, चलूंगा।'

'तो यह सब क्या कर रहे हो?'

'जाने की तैयारी कर रहा हूं।'

चुन्नीलाल ने कुछ हंसते हुए सोचा कि जाने की तैयारियां कम नहीं हो रही हैं। कहा—'अरे, घर-द्वार सभी लिए जाओगे क्या?'

'तो किसके पास रखता जाऊं?'

चुन्नीलाल समझ नहीं सका। बोला—'मैं अपना साज-सामान किसके पास रख जाता हूं? सब कुछ तो हॉस्टल में ही पड़ा रहता है!'

देवदास ने जैसे हठात् सचेत होकर नजर उठाई। शरमाकर कहा—'चुन्नी बाबू, आज मैं घर जा रहा हूं।'

'अजी यह क्या? आओगे कब?'

देवदास ने सिर हिलाते हुए कहा—'मैं अब नहीं आऊंगा।'

मारे आश्चर्य के, चुन्नीलाल उसका मुंह देखता रह गया। देवदास कहने लगा—'ये रुपए लो, मेरा जो कुछ बाकी हो, उसका हिसाब कर देना। अगर बच जाएं, तो हॉस्टल के नौकर-दाई को दे देना। मैं फिर कभी कलकत्ता वापस नहीं लौटूंगा।'

मन-ही-मन कहा—'कलकत्ता आने से मेरी बड़ी हानि हुई—बड़ी हानि हुई।

आज जवानी के कुहासे से घिरे हुए अंधकार को भेदकर, यह बात उसकी आंखों के सामने आ गई—कि उस दुर्दान्त, अविनय के शौर्य-भरे, अयाचित और पददलित रत्न की तुलना में, आज समस्त कलकत्ता तुच्छ है, सस्ता है। चुन्नीलाल के मुंह की ओर देखकर बोला—'चुन्नी! शिक्षा, विद्या, बुद्धि, ज्ञान, उन्नति—जो कुछ है, सब सुख के लिए ही है। जिस किसी तरफ भी क्यों न देखो, परंतु अपनी सुख-बुद्धि के अलावा इसमें और कुछ नहीं है।'

चुन्नीलाल ने बात काटते हुए कहा—'तो क्या तुम और पढ़ाई-लिखाई नहीं करोगे?'

'नही, पढ़ाई-लिखाई के कारण मेरी बड़ी हानि हो चुकी है। अगर मैं पहले जानता कि इतना सब करने के बदले महज इतनी-सी ही पढ़ाई-लिखाई हो सकेगी, तो आजीवन मैं कलकत्ता का मुंह नहीं देखता।'

'तुम्हें हो क्या गया है?'

देवदास सोचने लगा। कुछ देर बाद बोला—'फिर कभी भेंट हुई, तो सब बातें बताऊंगा।'

तब रात के करीब नौ बज रहे थे। हॉस्टल में रहने वालों और चुन्नीलाल ने अत्यंत आश्चर्य के साथ देखा कि देवदास अपना सारा साज-सामान गाड़ी पर लादकर हमेशा के लिए हॉस्टल छोड़कर चला गया। उसके चले जाने पर, चुन्नीलाल चिढ़कर सबसे कहता फिरा कि बगुला-भगतों की थाह पाना मुश्किल है।

## (8)

सावधान और बुद्धिमान लोगों की यह आदत होती है कि आंख से देखकर ही वे किसी चीज के गुण-दोष का निर्णय नहीं दे डालते—सब तरह से विचार किए बिना वे कोई निर्णय नहीं देते। महज दो ओर

देखकर, चारों ओर की बातें नहीं करते। परंतु एक तरह के और लोग होते हैं, जो ठीक इसके विपरीत होते हैं। किसी भी चीज के बारे में अच्छी तरह से विचार करने का धैर्य उनमें नहीं रहता। कोई चीज हाथ में पड़ते ही, उसकी अच्छाई-बुराई के बारे में वे निश्चित धारणा बना लेते हैं। डूबकर देखने के लिए परिश्रम करने के बदले, ये लोग अपने विश्वास के बल पर ही काम चला लेते हैं। ऐसी बात नहीं कि ये लोग संसार में काम नहीं कर सकते, बल्कि कई बार अधिक काम भी कर देते हैं। भाग्य ने साथ दिया, तो ये लोग उन्नति के सर्वोच्च शिखर पर दिखलाई देते हैं, और नहीं तो अवनति के गड्ढे में, हमेशा के लिए सो जाते हैं। फिर उठ नहीं पाते, संभल नहीं पाते और न तो संसार की ओर आंख उठाकर देखते ही है; बल्कि निश्चल, मृत और जड़वत् पड़े रह जाते हैं। देवदास भी ऐसे ही लोगों में से था। दूसरे दिन सुबह ही वह घर पहुंच गया। माता ने आश्चर्यचकित होकर पूछा—'देवा, कॉलेज में क्या फिर छुट्टी हो गई?

'हां'—कहकर, देवदास अन्यमनस्क की तरह चला गया। पिता के पूछने पर भी, वह इसी तरह कोई जवाब देकर वहां से हट गया। अच्छी तरह से नहीं समझ सकने के कारण उन्होंने गृहिणी से पूछा। उन्होंने बहुत सोच-विचारकर कहा—'गरमी अब भी कम नहीं है; शायद इसीलिए छुट्टी हो गई।'

दो दिनों तक देवदास छटपटाता रहा। किसी तरह भी उसकी इच्छा पूरी नहीं हुई—अकेले में पार्वती से मुलाकात नहीं हुई। दो दिनों के बाद, पार्वती की माता ने देवदास को देखकर कहा—'बेटा, जब आ गए हो, तो पारू की शादी तक रुक जाना।'

देवदास ने कहा—'अच्छा!'

दोपहर को खाना-पीना समाप्त होने पर, पार्वती बांध का पानी लेने नित्य जाती थी। कूल्हे पर पीतल का घड़ा लेकर, आज भी वह घाट के ऊपर आकर खड़ी हो गई। उसने देखा कि थोड़ी दूर पर, बेर के एक गाछ की आड़ में देवदास पानी में बंशी फेंके

बैठा है। एक बार उसके मन में आया कि यों ही लौट जाए, एक बार मन में आया कि चुपचाप पानी लेकर चली जाए; किंतु किसी तरह भी वह जल्दी नहीं कर सकी। घाट के ऊपर कलसी रखते ही, आवाज सुनकर देवदास देखने लगा। इसके बाद हाथ उठाकर उसने पुकारकर कहा—'पारू, सुनती जाओ।'

पार्वती धीरे-धीरे पास आकर खड़ी हो गई। देवदास ने एक बार उसके मुंह की ओर देखा, उसके बाद बड़ी देर तक, शून्य दृष्टि से पानी की ओर देखता रह गया। पार्वती ने कहा—'देव भैया, मुझसे कुछ कहना है?'

देवदास ने बिना किसी ओर देखे ही कहा—हूं—बैठो!' पार्वती बैठी नहीं, सिर झुकाए खड़ी रही। किंतु देर तक कोई भी बात नहीं हुई, तो पार्वती एक-एक डग भरते, घाट की ओर जाने लगी। देवदास ने एक बार मुंह उठाकर देखा, फिर पानी की ओर नजर फेरकर कहा—'सुनो!'

पार्वती लौट आई; किंतु फिर भी देवदास कोई बात न कह सका। यह देखकर वह फिर लौट गई। देवदास निस्तब्ध होकर बैठा रहा। थोड़ी देर बाद घूमकर उसने देखा—पार्वती पानी लेकर जाने की तैयारी कर रही है। तब वह बंशी उठाकर, घाट के पास आकर खड़ा हो गया; कहा—'मैं आ गया हूं।' पार्वती ने सिर्फ घड़े को उतार दिया, कुछ कहा नहीं।

'मैं आ गया हूं, पारू!'

पार्वती ने थोड़ी देर तक कुछ कहा नहीं, फिर अत्यंत मधुर स्वर में पूछा—'क्यों?'

'तुमने लिखा था या नहीं?'

'नहीं।'

'यह क्या, पारू? उस रात की बात याद नहीं है?'

'याद है! किंतु उसका आज क्या काम है?'

उसका कण्ठस्वर गंभीर था—रूखा था। किंतु देवदास बात

समझ गया, कहा—'मुझे माफ कर दो, पारू! तब मैं इतना नहीं समझता था।'

'चुप रहो—वह सब बातें सुनते, मुझे अच्छी नहीं लगतीं।'

'जैसे भी हो सकेगा, मैं मां-बाप को राजी करूंगा! फिर तुम....'

पार्वती ने देवदास के मुंह की ओर एक तीखा दृष्टिपात करते हुए कहा—'तुम्हारे मां-बाप हैं, तो क्या मेरे नहीं हैं? उनकी इच्छा-अनिच्छा का कोई सवाल नहीं है?'

देवदास ने लज्जित होकर कहा—'यह तो है, पारू! किंतु उनकी तो अनिच्छा नहीं है—केवल तुम्हीं....'

'कैसे मालूम कि उनकी अनिच्छा नहीं है? उनकी तनिक भी इच्छा नहीं है।

देवदास ने हंसने की बेकार कोशिश करते हुए कहा—'नहीं जी, उनकी तनिक भी अनिच्छा नहीं है—यह मैं अच्छी तरह जानता हूं। केवल तुम....'

बात काटकर, पार्वती तीव्र कण्ठ से कह उठी—'केवल मैं! तुम्हारे साथ? छिः—' पलभर में ही देवदास की दोनों आंखें आग की तरह जलने लगीं। कठोर आवाज में कहा—'पार्वती! मुझे क्या भूल गई?'

पहले पार्वती सहम गई; किंतु दूसरे ही क्षण अपने को सम्हालकर, शांत-गंभीर स्वर में उसने जवाब दिया—'नहीं भूलूंगी कैसे? बचपन से ही तुम्हें देखती आ रही हूं। जब से होश संभाला, तभी से तुमसे डरती आ रही हूं—तुम क्या इसी से मुझे धमकी दे रहे हो? किंतु मुझे भी क्या तुम नहीं पहचानते?' कहकर वह निडरता से, दोनों आंखें तरेरकर देखती हुई खड़ी रही।

देवदास के मुंह से कोई बात नहीं निकली। फिर कहा—'हमेशा से क्या डरती ही आ रही हो—और कुछ नहीं हुआ?'

पार्वती ने दृढ़ स्वर से कहा—'नहीं, और कुछ भी नहीं हुआ।'

'ठीक कहती हो?'

'हां, ठीक ही कहती हूं। तुमसे मुझे कोई मतलब नहीं। मैं जिसके पास जा रही हूं, वह भी धनवान, बुद्धिमान, शांत और स्थिर स्वभाव के हैं। वे धार्मिक प्रवृत्ति के व्यक्ति हैं। मेरे मां-बाप मेरे लिए शुभकामना रखते हैं, इसीलिए तुम्हारे जैसे मूर्ख, चंचलचित्त और दुष्ट आदमी के हाथों में मुझे किसी तरह भी नहीं सौंपेंगे। मेरा रास्ता छोड़ दो।'

देवदास कुछ सिटपिटा गया। फिर जैसे रास्ते से हटने लगा, किंतु तुरंत ही दृढ़ कदमों से आगे बढ़कर, उसके मुंह की ओर देखकर कहा—'इतना घमण्ड!'

पार्वती ने कहा—'क्यों नहीं! तुम कर सकते हो, और मैं नहीं? तुम सुंदर हो, किंतु गुणवान नहीं—मैं सुंदर हूं और गुणवान भी। तुम बड़े आदमी हो, किंतु मेरे भी पिता भिखमंगे नहीं हैं। इसके अलावा; मैं भी तुम लोगों से किसी तरह कम नहीं रहूंगी, यह तुम जानते हो?'

देवदास अवाक् रह गया।

पार्वती फिर कह उठी—'तुम सोचते होगे कि मुझे बहुत क्षति पहुंचाओगे। अगर बहुत नहीं, तो कुछ क्षति तो अवश्य पहुंचा सकते हो, यह मैं जानती हूं। ठीक है, वही करो। केवल मेरा रास्ता छोड़ दो।'

देवदास हत्बुद्धि होकर कह उठा—'क्षति कैसे पहुंचाऊंगा?'

पार्वती ने तुरंत कह दिया—'बदनामी फैलाकर। वही करो, जाओ।'

सुनकर देवदास पर मानो वज्रपात हो गया। उसके मुंह से केवल यही निकल सका—'मैं? बदनामी करूंगा?'

जहर की-सी एक क्रूर हंसी हंसकर पार्वती ने कहा—'जाओ, अंत समय में मेरे नाम पर एक कलंक लगा देना। उस रात को मैं तुम्हारे पास अकेले ही गई थी, यह बात चारों ओर फैला देना। मन-ही-मन तुम्हें संतोष हो जाएगा।'—कहकर अभिमानिनी पार्वती के क्रुद्ध होंठ कांपकर रह गए।

लेकिन क्रोध और अपमान से, देवदास की छाती भीतर-ही-भीतर धधकने लगी। उसने फुसफुसाकर कहा—'झूठ-मूठ की बदनामी फैलाकर मैं संतोष पाऊंगा?' और प्रत्यक्ष तौर पर बंशी के मोटे बांस को जोर से हिलाकर गरजकर कहा—'सुनो पार्वती, इतनी सुंदर होना अच्छा नहीं, अहंकार बढ़ जाता है।' कहकर धीमी आवाज में कहा—'देखती नहीं हो कि चांद इतना सुंदर है, इसी से उस पर कलंक का दाग लगा है। कमल इतना सुंदर होता है, इसीलिए उस पर काला भौंरा रहता है। इसी से तुम्हारे मुंह पर कलंक का कोई दाग दिए जाता हूं।'

यह सब देवदास के सहन की सीमा से परे थी। उसने बंशी का बांस पकड़कर, खींचकर पार्वती के माथे पर दे मारा। तुरंत बाईं भौंह के नीचे तक उसका सिर फट गया। पलक झपकते ही समूचा मुंह लहूलुहान हो गया।

पार्वती जमीन पर लोट गई; बोली—'देव भैया, यह क्या?'

देवदास ने बंशी को टुकड़े-टुकड़े करके पानी में फेंक दिया और स्थिर भाव से कहा—'अधिक कुछ नहीं, महज थोड़ा-सा कट गया है।'

पार्वती व्यग्र होकर रो उठी—'हाय, देव भैया!'

देवदास ने अपने महीन कुर्ते को थोड़ा-सा फाड़ दिया और उसे पानी में भिगोकर पार्वती के माथे पर बांधते-बांधते कहा—'डरने की क्या बात है, पारू! यह चोट जल्दी ही भर जाएगी—केवल दाग रह जाएगा। अगर कभी कोई यह बात पूछे, तो झूठ बतला देना। और न हो, तो सत्य कहकर ही, अपने कलंक की बात स्वयं प्रकट कर देना।'

'हाय रे, हाय मां!'

'छिः, ऐसा मत करो, पारू! विदा के अंतिम क्षण में, महज अपनी एक यादगार दिए जा रहा हूं। इस स्वर्ण-मुख को बीच-बीच में शीशे में तो देखोगी ही'—कहकर, उत्तर की प्रतीक्षा किए बिना ही वह चलने लगा।

व्यग्र होकर पार्वती रो उठी, बोली–'हे देव भैया!'

देवदास लौट आया। उसकी आंखों के कोने में एक बूंद आंसू आ गया।

अत्यंत स्नेह से कहा–'क्या है रे, पारू?'

'किसी से कहना मत।'

देवदास तुरंत झुककर खड़ा हो गया और अपने अधरों से पार्वती की केशराशि को स्पर्श करके कहा–'छिः! तुम, क्या मुझसे अलग हो, पारू! तुम्हें याद नहीं है कि बचपन में शरारत करके, कितनी बार मैंने तुम्हारे कान मल दिए थे।'

'देव भैया....मुझे माफ कर दो।'

'यह तुम्हें कहना नहीं पड़ेगा। सच पारू, क्या तुम मुझे बिलकुल भूल गईं? मैंने कभी तुम पर क्रोध किया है, तो क्या माफ भी नहीं कर दिया है?'

'देव भैया–'

'पार्वती, तुम तो जानती हो, मैं अधिक बातें नहीं कर पाता; अधिक चिंता-फिक्र भी नहीं कर पाता। जब जो इच्छा हुई, कर दिया'–कहकर, पार्वती के माथे पर हाथ रखकर आशीर्वाद देते हुए कहा–'तुमने अच्छा ही किया। मेरे पास तुम्हें सुख तो मिलता नहीं। किंतु तुम्हारे इस देव भैया को अक्षय स्वर्ग मिल जाता।'

इसी समय बांध के उस पार से कोई आ रहा था। पार्वती धीरे से पानी में उतर गई। देवदास चला गया। पार्वती जब घर लौटी, तो दोपहरी ढल चुकी थी। उसकी ओर देखे बिना ही दादी ने कहा–'क्या तालाब खोदकर पानी ला रही हो, बेटी?'

किंतु उनके मुंह की बात मुंह में ही रह गई। पार्वती के मुंह की ओर देखते ही वे चिल्ला पड़ीं–'अरी मैया री! यह सर्वनाश कैसे हुआ रे?'

चोट लगी हुई जगह से तब भी खून बह रहा था; कपड़े खून से सराबोर हो गए थे। दादी रोकर कहने लगी–'अरी, मैया-री-मैया! पारू तुम्हारी शादी जो हो रही है!'

पार्वती ने चुपचाप कलसी उतारकर रख दी।

रोते-रोते मां ने पूछा—'यह सर्वनाश कैसे हुआ, पारू!'

पारू सहज भाव से बोली—'घाट पर फिसल गई। ईंट से लगकर सिर फूट गया।'

इसके बाद सभी मिलकर मरहम-पट्टी करने लगे। देवदास ने ठीक ही कहा था कि चोट अधिक नहीं है। चार-पांच दिनों में ही घाव सूख गया और आठ-दस दिन यों ही गुजर गए। इसके बाद एक रात को, हाथीपोता गांव के जमींदार श्रीयुत भुवन चौधरी दूल्हा बनकर, बारात सजाकर विवाह करने आए। वैसे कोई खास धूम-धाम नहीं थी। भुवन बाबू चालाक आदमी थे—प्रौढ़ावस्था में विवाह करते समय, छोकरों की-सी सज-धज उन्हें अच्छी नहीं लगी।

वर की उम्र चालीस से नीचे नहीं है—कुछ ऊपर ही है। गौर वर्ण मोटा-ताजा—थुल-थुल शरीर था। मूंछों के बाल कुछ-कुछ सफेद हो गए थे, सिर के सामने का हिस्सा गंजा था—वर देखकर कोई हंसा, कोई चुप रह गया। शांत और गंभीर भाव से भुवन बाबू एक अपराधी की तरह आकर विवाह-मण्डप में खड़े हो गए। कान-मलना इत्यादि अत्याचार-उपद्रव नहीं हुआ; उनके जैसे विद्वान् और गंभीर आदमी के कान तक किसी का हाथ उठा ही नहीं। और विवाह के समय पार्वती एकटक देखती रही। उसके अधरों के कोनों पर मुस्कान की एक रेखा खिंच गई—भुवन बाबू ने बच्चे की तरह आंखें नीची कर लीं। मुहल्ले की लड़कियां खिलखिलाकर हंस पड़ीं। चक्रवर्ती महाशय दौड़-धूप करने लगे। चालाक दामाद पाकर वे कुछ व्यग्र हो उठे थे। जमींदार नारायण मुकर्जी कन्या-पक्ष के कर्ता-धर्ता थे। वे पक्के आदमी थे—सो किसी तरह भी कोई त्रुटि नहीं थी। शुभ कार्य अच्छी तरह समाप्त हो गया।

दूसरे दिन सुबह, चौधरी महाशय ने गहनों से भरा हुआ एक बक्स बाहर निकाल दिया। पहनकर पार्वती का अंग-अंग झिलमिला उठा। इसे देखकर, माता ने आंचल से आंखों के कोने पोंछ लिए। पास ही जमींदार की गृहिणी खड़ी थीं—उन्होंने सस्नेह डांटकर

कहा—'आंखों में आंसू लाकर, आज अशुभ मत करो, बहन!'

शाम होने से कुछ पहले, मनोरमा पार्वती को एक एकांत कमरे में खींच ले गई और आशीर्वाद दिया—'जो कुछ हुआ, अच्छा ही हुआ। अब देख लेना—बहुत मजे में रहोगी।'

पार्वती ने थोड़ा हंसकर कहा—'सो तो रहूंगी ही! यम के साथ कल थोड़ा परिचय जो हो गया।'

'वह कौन-सी बात है रे?'

'समय आने पर सब जान जाओगी।'

मनोरमा ने तब दूसरी बात छेड दी, कहा—'मन में आता है एक बार देवदास को बुलाकर, यह स्वर्ण-प्रतिमा दिखला दूं।'

पार्वती जैसे चौंक उठी—'बुला सकोगी दीदी? काश, एक बार बुला सकती!'

सुनकर मनोरमा सिहर उठी—'क्यों, पारू?'

हाथ का कंगन घुमाते-घुमाते, पार्वती ने उदास भाव से कहा—'पैरों की धूल एक बार माथे पर लगा लेती। आज चली जाऊंगी।'

मनोरमा ने पार्वती को अपनी छाती में खींच लिया; दोनों खूब रोईं। शाम हो गई थी। घर में अंधेरा छा गया था। दरवाजा ठेलकर, दादी ने बाहर से ही कहा—'ओ पारू, ओ मनो, बाहर निकलो, बेटी!'

उसी रात को पार्वती पति के घर चली गई।

## (9)

और देवदास! वह रात उसने कलकत्ता के ईडन-गार्डन में, एक बेंच के ऊपर बिता दी। उसे कोई बहुत कष्ट हुआ हो, असहनीय वेदना हुई हो—ऐसा बात नहीं सिर्फ एक अजीब शिथिल उदासी धीरे-धीरे उसकी छाती के अंदर जमा होने लगी। जैसे निद्रावस्था में शरीर के अंदर अचानक पक्षाघात हो जाए, तो नींद टूटने पर, खोजने पर भी

उस पर जैसे अपना कोई अधिकार नहीं मिलता, और भयभीत मन क्षण-भर के लिए जैसे कोई सहारा नहीं ढूंढ़ पाता, क्योंकि उसका जन्म-जन्मांतर का साथी, हमेशा साथ रहने वाला अंग, चाहने पर भी जैसे साथ नहीं देता। फिर धीरे-धीरे समझ में आ जाता है; धीरे-धीरे अज्ञान मिट जाता है कि यह अंग अब उसका नहीं रहा—ठीक इसी तरह देवदास भी सारी रात यही सोचता रहा, कि समय के फेर से अचानक संबंधों पर पक्षाघात हुआ, और हमेशा के लिए संबंध-विच्छेद हो गया। अब उसके ऊपर बेकार का क्रोध-अभिमान, कुछ भी नहीं लादा जा सकता। यथार्थ अधिकार की बात तो सोचना भी भूल होगी। उस समय सूर्योदय हो रहा था। देवदास उठकर खड़ा हुआ, और सोचने लगा कि कहां जाऊं? एकाएक उसे कलकत्ते के अपने हॉस्टल की याद आई—वहां चुन्नीलाल है। देवदास चलने लगा। रास्ते में दो बार धक्का लगा, ठोकर खाकर अंगुली लहू-लुहान हो गई—धक्का खाकर एक आदमी के ऊपर जा गिरा—उसने पियक्कड़ समझकर ढकेल दिया। इसी तरह वह, अभी कुछ दिन था, तभी घूमते-घूमते हॉस्टल के सामने आकर खड़ा हो गया। चुन्नीलाल तब बन-ठनकर बाहर निकल रहे थे—'यह क्या, देवदास?'

देवदास चुप रहा।

'कब आए जी? मुंह सूख गया है, खाना-पीना कुछ हुआ कि नहीं—यह क्या—यह क्या?'

देवदास रास्ते पर ही बैठ गया। चुन्नीलाल हाथ पकड़कर उसे अंदर ले गए। अपनी चारपाई पर बैठाकर, सांत्वना देकर पूछा—'बात क्या है, देवदास?'

'कल घर से आया हूं।'

'कल? दिन-भर रहे कहां? या रात को कहां थे?'

'ईडन-गार्डन में।'

'पागल हो गए हो? आखिर हुआ क्या है तुम्हें?'

'सुनकर क्या करोगे?'

'तो मत कहो। अभी नहाओ-खाओ। तुम्हारा साज-सामान कहां है?'

'कुछ भी नहीं लाया।'

'तो रहने दो; अभी खाने बैठो।'

तब जबर्दस्ती चुन्नीलाल ने उसे भोजन कराकर, बिस्तरे पर सो जाने की आज्ञा देकर, दरवाजा बंद करते-करते कहा—'अभी कोशिश करके सो जाओ, रात को आकर मैं तुम्हें जगाऊंगा।' यह कहकर, चुन्नीलाल कहीं चला गया। रात को दस बजे वापस आकर उसने देखा—देवदास उसके बिस्तर पर गंभीर निद्रा में निमग्न है। उसने जगाया नहीं; खुद एक कम्बल खींचकर, जमीन पर ही सो गया। सारी रात देवदास की नींद नहीं टूटी—सुबह भी नहीं दस बजे के करीब वह उठ बैठा और कहा—'चुन्नीबाबू, कब आए जी?'

'तुरंत ही आया हूं।'

'तो तुम्हें किसी प्रकार की असुविधा तो नहीं हुई?'

'कुछ भी नहीं।'

देवदास ने थोड़ी देर तक उसके मुंह की ओर देखते रहने के बाद कहा—'चुन्नीबाबू, मेरे पास कुछ है नहीं; तुम क्या मेरा खर्च चलाओगे?'

चुन्नीलाल हंसा। वह जानता था कि देवदास के माता-पिता धनी आदमी हैं। इसी से हंसकर कहा—'मैं खर्च चलाऊंगा? अच्छी बात! तुम जब तक चाहो, रहो।'

'चुन्नीबाबू, तुम्हारी आमदनी कितनी है?'—देवदास ने पूछा।

'भाई, मेरी आमदनी मामूली है। इस पर कुछ धन-सम्पत्ति है, जिसे भाई को सौंपकर मैं यहां रहता हूं। हिसाब करके, हर महीने वे सत्तर रुपए भेज देते हैं। इतने में तुम्हारा-हमारा काम मजे में चल जाएगा।'

'तुम घर क्यों नहीं जाते?'

चुन्नीलाल ने थोड़ा मुंह बनाकर कहा—'इसमें कई बातें हैं।'

देवदास ने और कुछ नहीं पूछा। भोजन के लिए बुलावा आया। इसक बाद दोनों जने नहा-खाकर फिर कमरे में आ बैठे। चुन्नीलाल ने कहा—'देवदास, पिता से झगड़ा हो गया क्या?'

'नहीं?'

'और किसी के साथ?'

देवदास ने वैसा ही जवाब दिया—'नहीं।'

इसके बाद अचानक चुन्नीलाल को दूसरी बात याद आ गई। कहा—'अच्छा जी, अभी तक तुम्हारी शादी तो नहीं हुई है?'

इसी समय देवदास दूसरी ओर मुंह फेरकर सो गया। थोड़ी देर बाद ही चुन्नीलाल ने देखा—देवदास को नींद आ गई। इस तरह सोते-सोते दो दिन और बीत गए। तीसरे दिन सुबह, देवदास स्वस्थ होकर उठ बैठा। मुंह पर की वह घनी छाया, बहुत कुछ दूर नजर आई। चुन्नीलाल ने पूछा—'आज तबियत कैसी है?'

'मालूम होता है—बहुत अच्छी है। अच्छा चुन्नीबाबू, रात को तुम कहां जाते हो?'

आज चुन्नीलाल लज्जित हो गया। कहा—'हां, जाता तो हूं; पर छोड़ो उस बात को। अच्छा, अब तुम कॉलेज क्यों नहीं जाते?'

'नहीं, अब पढ़ना-लिखना छोड़ दिया।'

'छिः, ऐसा भी कहीं होता है? दो महीने बाद ही तुम्हारी परीक्षा है। पढ़ने में भी तुम अच्छे हो। अब की परीक्षा क्यों नहीं देते?'

'पढ़ना मैंने छोड़ दिया।'

चुन्नीलाल चुप हो गया। देवदास ने फिर पूछा—'कहां जाते हो? नहीं बतलाओगे? तुम्हारे साथ मैं भी जाऊंगा।'

चुन्नीलाल देवदास के मुंह की तरफ देखता रह गया; कहा—'क्या पूछते हो, देवदास! मैं किसी अच्छी जगह नहीं जाता।' देवदास ने जैसे मन-ही-मन कहा—अच्छी या बुरी! जो भी हो—प्रकट में बोला—'चुन्नीबाबू, मुझे अपने साथ नहीं ले चलोगे?'

'सो तो ले जा सकता हूं। किंतु तुम मत जाओ।'

'नहीं, मैं जरूर जाऊंगा। अगर अच्छा नहीं लगा, तो फिर नहीं जाऊंगा। किंतु तुम तो सुख की आशा में वहां रोज ही जाते हो।—जो भी हो चुन्नीबाबू मैं अवश्य ही जाऊंगा।'

मुंह फेरकर चुन्नीबाबू कुछ हंसे; मन-ही-मन कहा—'मेरी हालत?' मुंह से कहा—'ठीक है, चलना।'

दोपहर के बाद, धर्मदास सब सामान लेकर आ पहुंचा। देवदास को देखकर वह रोने लगा—'देव भैया, आज तीन-चार दिनों से मां कितनी रो रही हैं।'

'क्यों रे?'

'कुछ कहे बिना ही तुम एकाएक चले क्यों आए?' फिर एक चिट्ठी निकालकर देते हुए कहा—'मां की चिट्ठी है।'

अंदर की बात जानने के लिए उत्सुक होकर चुन्नीलाल देखते रहे। देवदास ने चिट्ठी पढ़कर रख दी। उसमें माता ने घर लौटने का अनुरोध किया था। घर-भर में महज वे ही देवदास के अकस्मात गायब हो जाने के कारण का कुछ अनुमान लगा रही थीं। धर्मदास के हाथ, छिपाकर उन्होंने काफी रुपया भी भेज दिया था। धर्मदास ने उसे हाथ में देते हुए कहा—'देवता, घर चलो।'

'मैं चला जाऊंगा। तुम लौट जाओ।'

रात को दोनों मित्र सज-धजकर बाहर निकले। देवदास का इस सब में उतना झुकाव नहीं था, किंतु चुन्नीलाल ने साधारण लिबास में बाहर निकलना किसी तरह भी पसंद नहीं किया। रात को नौ बजे, किराए की एक गाड़ी, चितपुर के एक दो-मंजिले मकान के सामने आकर खड़ी हो गई। देवदास का हाथ पकड़े, चुन्नीलाल अंदर घुसा। मकान की मालकिन का नाम चंद्रमुखी था; उसने दोनों का स्वागत किया। अबकी देवदास का सारा बदन जल उठा। वह इन कई दिनों में, अनजाने ही, नारी-शरीर की छाया से भी विमुख हो गया था—यह वह खुद नहीं जानता था। चंद्रमुखी को देखते ही, हृदय की घनीभूत घृणा आग की तरह जल उठी।

चुन्नीलाल के मुंह की ओर देखकर और नाक-भौं सिकोड़कर कहा—चुन्नीलाल, इस अभागी जगह में कैसे ले आए?' उनकी खड़ी बोली और आंखों को देखकर, चंद्रमुखी और चुन्नीलाल दोनों ही हतबुद्धि हो गए। फिर चुन्नीलाल ने अपने को संभालकर, देवदास का हाथ पकड़कर कोमल कण्ठ से कहा—'चलो, अंदर चलकर बैठें।'

देवदास ने और कुछ नहीं कहा—कमरे में आकर, नीचे बिछाए गए बिस्तर पर, उदास भाव में सिर झुकाए बैठ गया। चंद्रमुखी भी चुपचाप पास ही बैठ गई। चांदी-मढ़े हुक्के पर तम्बाकू सजाकर नौकरानी ले आई। मगर देवदास ने छुआ तक नहीं। गंभीर मुंह बनाए, चुन्नीलाल भी चुपचाप बैठे रहे। नौकरानी पहले समझ नहीं सकी कि क्या करना चाहिए, फिर अंत में चंद्रमुखी के हाथ में हुक्का थमाकर चली गई। उसे ही दो-एक बार गुड़गुड़ाते देखकर, देवदास तेज नजर से उसके मुंह की ओर देखता रहा, और फिर अचानक अत्यंत घृणा से भरकर बोल उठा—'कितनी असभ्य! और कैसी बुरी दीखती है!'

इसके पहले कभी, किसी ने चंद्रमुखी को बातों में नहीं ठगा था। उसको अप्रतिभ करना बहुत मुश्किल काम था। किंतु देवदास की आंतरिक घृणा की यह सहज और कठोर उक्ति, उसके कलेजे में जा लगी। थोड़ी देर के लिए वह हतबुद्धि हो गई। किंतु कुछ देर बाद दो बार और गड़-गड़ शब्द हुआ; किंतु चंद्रमुखी के मुंह से फिर धुआं नहीं निकला। तब चुन्नीलाल के हाथ में हुक्का देकर, उसने एक बार देवदास के मुंह की ओर देखा; फिर चुपचाप बैठी रही। तीनों जने चुप रहे। केवल हुक्के का गुड़-गुड़ शब्द होता रहा; किंतु वह भी जैसे बहुत डर-डर कर। दोस्तों के बीच किसी बहस में, अचानक माने-मतलब का कोई कलह जब पैदा हो जाता है, तो उनमें से प्रत्येक मन-ही-मन चिढ़ता रहता है, और क्षुब्ध होकर, मन-ही-मन झूठ-मूठ ही हंसने लगता है—वही तो। इसी तरह ये

तीनों भी मन-ही-मन कहने लगे—'वही तो! यह सब कुछ हुआ कैसे?'

जैसे भी हो, किसी को चैन नहीं मिला। चुन्नी हुक्का रखकर नीचे चले गए, शायद और कोई काम नहीं खोज सके—इसलिए कमरे में दो जने बैठे रहे। देवदास ने अपना झुका हुआ मुंह ऊपर करके कहा—'तुम रुपए लेती हो?'

चंद्रमुखी सहसा जवाब नहीं दे सकी। वह छब्बीस साल की हो चुकी थी। इन नौ-दस वर्षों में, विभिन्न स्वभाव के कितने ही व्यक्तियों से उसका घनिष्ठ परिचय हुआ; किंतु ऐसा अजीब आदमी तो उसने कभी भी नहीं देखा। कुछ आगा-पीछा करके बोली—'जब आपके पैरों की धूल पड़ गई—'

बात पूरी हुए बिना ही देवदास उठ बैठा—'पैरों की धूल की बात नहीं है; रुपए लेती हो न?'

'लेती तो हूं। न लेने से मेरा काम कैसे चलेगा?'

'चुप रहो, यह सब मैं सुनना नहीं चाहता'—कहकर पॉकिट में हाथ डालकर, कुछ नोट बाहर निकालकर और चंद्रमुखी के हाथ में देकर चलने लगा; एक बार चाहकर भी नहीं देख सका कि कितना रुपया दिया।

चंद्रमुखी ने विनीत भाव से कहा—'अभी चले जाएंगे?'

देवदास ने कुछ कहा नहीं—बरामदे में आकर खड़ा हो गया।

एक बार चंद्रमुखी की इच्छा हुई कि रुपए लौटा दे; किंतु एक भारी संकोच के कारण वह ऐसा नहीं कर सकी; शायद वह कुछ डरी भी थी। इसके अलावा न जाने कितनी लांछना, फटकार और अपमान सह लेने की इन्हें आदत पड़ जाती है; इसलिए वह चुपचाप चौखट पकड़े खड़ी रही। देवदास सीढ़ियों से होकर नीचे उतर गया।

सीढ़ी के रास्ते में ही चुन्नीलाल से भेंट हो गई। उसने आश्चर्यचकित होकर पूछा—'कहां जा रहे हो, देवदास?'

'हॉस्टल जा रहा हूं?'

'ये क्या जी!'

देवदास दो-तीन सीढ़ियां उतर गया।

चुन्नीलाल ने कहा—'चलो, मैं भी चलता हूं।'

पास आकर देवदास ने उसका हाथ पकड़कर कहा—'चलो।'

'जरा रुको, मैं ऊपर हो आऊं।'

'नहीं! मैं जा रहा हूं, तुम बाद में आना।'—कहकर देवदास चला गया।

चुन्नीलाल ने ऊपर आकर देखा कि चंद्रमुखी अब भी चौखट पकड़े उसी तरह खड़ी है।

उसे देखकर बोली—'आपके दोस्त चले गए?'

'हां!'

चंद्रमुखी ने हाथ का नोट दिखाकर कहा—'यह देखो! किंतु अच्छा समझो तो लेते जाओ; अपने दोस्त को लौटा देना।'

चुन्नीलाल ने कहा—'वह अपनी तबियत से दे गया, तो मैं लौटाने क्यों जाऊं?'

इतनी देर बाद चंद्रमुखी कुछ हंस सकी; किंतु उस हंसी में कोई प्रसन्नता नहीं थी। कहा—'अपनी तबियत से नहीं, बल्कि मुझ पर नाराज होकर रुपया दे गए। अच्छा चुन्नीबाबू, क्या यह आदमी पागल है?'

'तनिक भी नहीं। किंतु देखता हूं कि आज कई दिनों से उसका मन ठीक नहीं है।'

'मन क्यों ठीक नहीं है, कुछ मालूम है?'

'यह नहीं मालूम। शायद घर पर कुछ हो गया होगा।'

'तब यहां लाए क्यों?'

'मैं लाना नहीं चाहता था, वह खुद ही जबरदस्ती आया।'

चंद्रमुखी अब सचमुख ही विस्मित हो गई। कहा—'जबरदस्ती? वह खुद ही आए? सब कुछ जानकर भी?'

चुन्नीलाल ने कुछ सोचकर कहा—'तो उससे क्या! सब कुछ

तो जानता था। अब तो मैं भूलकर भी उसे नहीं लाऊंगा।'

चंद्रमुखी ने कुछ देर तक चुप रहकर, कुछ सोचकर कहा—'चुन्नी, मेरा कुछ उपकार करोगे?'

'क्या?'

'तुम्हारा दोस्त कहां रहता है?'

'मेरे साथ।'

'एक दिन और उसे ला सकोगे?'

'मालूम होता है कि नहीं ला सकूंगा। इसके पहले भी कभी वह ऐसी जगह में नहीं आया था; और मालूम होता है कि बाद में भी नहीं आएगा। किंतु जरा सुनूं तो कि क्या....?'

चंद्रमुखी ने कुछ उदास भाव से हंसकर कहा—'चुन्नी, जैसे भी हो सके, भुलावा देकर, उसे एक बार और ले आओ।'

चुन्नी हंसा। आंख मारकर कहने लगा—'धमकी सुनकर, कहीं प्यार तो नहीं पैदा हो गया?'

चंद्रमुखी भी हंस पड़ी, बोली—'बिना देखे ही नोट देकर चला गया—क्या यह नहीं समझते?'

चुन्नी चंद्रमुखी को खूब पहचानता था। सिर हिलाकर कहा—'नहीं—नहीं! नोट-फोट वाले कुछ और ही होते हैं—तुम वैसी नहीं हो। किंतु बताओ तो कि सच बात क्या है?'

चंद्रमुखी ने कहा—'सचमुच थोड़ी मोह-माया पैदा हो गई थी।'

चुन्नी को विश्वास नहीं हुआ। हंसकर कहा—'इस पांच मिनट में ही?'

अबकी चंद्रमुखी भी हंसने लगी। बोली—'तो होने दो! उनका मन ठीक होने पर एक दिन और लाना--एक बार और देखूंगी! लाओगे न?'

'क्या मालूम?'

'तुम्हें मेरे सिर की कसम रही।'

'अच्छा, कोशिश करूंगा।'

## (10)

पार्वती ने आकर देखा कि उनके पति का मकान बहुत बड़ा है। नए साहबी ढंग का नहीं था, बल्कि पुराने फैशन का था। प्रधान महल, भीतरी महल, पूजा का दालान, नाट्य-मंदिर, अतिथिशाला, कचहरी, तोशाखाना और कितने की दास-दासियों को देखकर वह दंग रह गई। उसने सुना था कि उसके पति बड़े आदमी हैं, जमींदार हैं—किंतु इतना सब उसने नहीं सोचा था। कमी केवल लोगों की थी। सगे-संबंधी नहीं के बराबर थे। इतना बड़ा भीतरी महल प्रायः जन-शून्य था। पार्वती नव-विवाहिता थी, परंतु घर की मालकिन उसे ही बनना पड़ा। स्वागत करके घर में लाने वाली, केवल एक बुढ़िया बुआ थी। इनके अलावा नौकर-चाकर थे।

शाम होने से पहले, श्रीयुक्त और सुंदर एक बीस वर्षीय नवयुवक ने पास आकर उसे प्रणाम किया और कहा—'मां, मैं तुम्हारा बड़ा लड़का हूं!'

पार्वती ने घूंघट के अंदर से ही झांककर देखा, कुछ बोली नहीं। उसने एक बार और प्रणाम करके कहा—'मां, मैं तुम्हारा बड़ा लड़का हूं—प्रणाम करता हूं!'

पार्वती ने अपने लम्बे घूंघट को सिर तक खींच लिया और मधुर स्वर से बोली—'आओ भाई, आओ!'

लड़के का नाम था महेन्द्र। पार्वती का मुंह देखकर, वह थोड़ी देर के लिए अवाक् रह गया। उसके बाद पास ही बैठकर विनीत भाव से कहने लगा—'मेरी मां को मरे आज दो साल हो गए। ये दो वर्ष के दिन हमारे दुःख-तकलीफ में ही बीत गए। आज तुम आ गईं—आशीर्वाद दो मां, कि अब सुख से रह सकूं।'

पार्वती तुरंत ही खुले गले से बातचीत करने लगी। एकाएक मालकिन बन जाने पर कितनी ही बातें कहनी-सुननी होती हैं। किंतु ऐसी बात अगर दूसरों के साथ भी होती, तो स्वाभाविक लगती। तब पार्वती को अच्छी तरह से जानने वाले समझ जाते कि

पार्वती के जीवन में आए हुए भिन्न-भिन्न परिवर्तनों के कारण, अपनी उम्र की उपेक्षा वह कहीं अधिक परिपक्व हो गई थी। इसके अलावा, बेकार की लाज-शरम और दिखावटी संकोच उसमें कभी था ही नहीं। उसने पूछा—'बेटा, मेरे अन्य बाल-बच्चे कहां हैं?'

महेन्द्र ने कुछ हंसकर कहा—'बतलाता हूं! तुम्हारी बड़ी लड़की यानी मेरी छोटी बहन ससुराल में है। मैंने चिट्ठी लिखी थी, किंतु यशोदा किसी तरह भी नहीं आ सकी।'

पार्वती को दुःख हुआ, पूछा—'आ नहीं सकी, या अपनी तबियत से नहीं आई?'

महेन्द्र ने लज्जित होकर कहा—'ठीक नहीं जानता, मां!'

किंतु उसके कहने के ढंग से ही पार्वती समझ गई कि यशोदा नाराज होकर ही नहीं आई। उसने कहा—'और मेरा छोटा बेटा?'

महेन्द्र ने कहा—'वह जल्दी ही आएगा। कलकत्ते में है; परीक्षा खत्म होते ही आ जाएगा।'

भुवन चौधरी खुद ही जमींदारी का काम देखते थे। इसके अलावा अपने ही हाथ से शालिग्राम की पूजा में, व्रत-नियम-उपवास, अतिथियों और साधु-संन्यासियों की सेवा में, उनका सुबह से लेकर रात के दस-ग्यारह बजे तक का समय कट जाता था। नई-नई शादी करके भी उनमें कोई नया आमोद-प्रमोद नहीं दिखलाई दिया। रात को किसी दिन अंदर आते और किसी दिन नहीं आ पाते। आते भी, तो बिलकुल मामूली बातचीत होती—चारपाई पर लेटकर, तकिए को अपने करीब खींचकर, आंखें बंद कर, कोशिश करके वे कहते—'अब तुम्हीं घर की मालकिन हो। सब कुछ देख लेना, सोच-समझ लेना।'

पार्वती से सिर हिलाकर कहा—'अच्छा!'

भुवन बाबू कहने लगे—'और देखो, अब, ये बाल-बच्चे, तुम्हारे ही तो हैं—'

पति की लज्जा देखकर, पार्वती के नेत्रों के कोनों से हंसी फूट निकली। उन्होंने कुछ हंसकर कहा—'और देखो, महेन्द्र तुम्हारा बड़ा लड़का है। उसने बी.ए. पास किया है—इतना अच्छा लड़का, इतना दयावान—क्या समझ रही हो, कुछ आदर-सत्कार—'

पार्वती ने हंसी दबाकर कहा—'मैं जानती हूं, वह मेरा बड़ा लड़का—'

'तुम तो जान ही जाओगी। ऐसा लड़का कभी किसी ने देखा नहीं—और मेरी यशोमती, लड़की क्या है—बिलकुल प्रतिमा। वह तो आ ही जाएगी। जरूर आएगी। बड़े-बूढ़े बाप को देखने नहीं आएगी? उसके आने पर उसे....'

पति की खोपड़ी पर अपना कोमल हाथ रखकर वह मधुर स्वर में बोली—'तुम्हें चिंता नहीं करनी पड़ेगी। यशो को लाने के लिए मैं आदमी भेजूंगी—और न ही, तो महेन्द्र स्वयं ही जाएगा।'

'जाएगा। जाएगा। बहुत दिनों से देखा भी तो नहीं—तुम आदमी भेजोगी?'

'भेजूंगी! मेरी लड़की है—मैं उसे बुलाऊंगी नहीं?'

तब वृद्ध महाशय मारे उल्लास के उठ बैठे। आपस के संबंध को भूलकर, पार्वती के माथे पर हाथ रखकर आशीर्वाद देते हुए कहने लगे—'तुम्हारा भला होगा। मैं आशीर्वाद देता हूं—तुम सुखी रहोगी। भगवान तुम्हें दीर्घायु करेंगे।'

इसके बाद एकाएक जैसे सभी बातें, उस बुड्ढे को याद आ गईं। फिर चारपाई पर लेटकर, आंखें बंद कर मन-ही-मन कहा—'यह लड़की कितनी प्यारी है!'

इसी समय कच्ची-पक्की मूंछों के पास से होकर, उनकी आंखों का एक बूंद पानी तकिए पर आ गिरा। पार्वती ने उसे पोंछ दिया। कभी-कभी कहते—'अहा, वे सभी आएंगे। घर-बार एक बार फिर चमक उठेगा—अहा, घर में पहले कितनी चहल-पहल रहती थी। लड़के, लड़कियां, स्त्री, शोर-गुल—रोज ही जैसे दुर्गोत्सव मनाया जाता था। उसके बाद एक दिन सब चला गया। लड़के कलकत्ता

चले गए, यशोदा को उसके ससुर लिवा ले गए—इसके बाद अंधकार श्मशान—'

इसी समय फिर मूंछों के दोनों किनारे भीग जाने के बाद तकिए का भीगना शुरू हो जाता। पार्वती उदास होकर पोंछ देती और कहती—'महेन्द्र की शादी क्यों नहीं कर दी?'

बुड्ढा कहता—'अहा, वह तो मेरे सुख का दिन होगा। यही तो सोचा था। किंतु कैसी उसके मन की बातें हैं, कैसी उसकी जिद्द है....किसी तरह भी विवाह नहीं किया; इसीलिए तो बुढ़ापे में.... सारा घर सांय-सांय करने लगा; लक्ष्मीहीन की तरह सब धुंधला हो गया, एक चिराग भी किसी तरह दिखाई नहीं देता, इसीलिए तो—'

बात सुनकर पार्वती को दुःख होता। दयनीय आवाज में, हंसी का गला घोंटकर, सिर झुकाकर कहती—'तुम्हारे बुड्ढे होने से मैं भी जल्दी ही बुड्ढी हो जाऊंगी। औरतों को बुड्ढी होते क्या देर लगती है?'

भुवन चौधरी उठकर बैठ जाते, और एक हाथ से उसकी ठुड्डी पकड़कर बड़ी देर तक चुपचाप देखते रह जाते। कारीगर जिस तरह प्रतिमा को सजाता है, माथे पर मुकुट पहनाकर, दाहिने और बाएं से मुख को देखकर जिस तरह उसे गर्व होता है, स्नेह होता है—ठीक उसी तरह भुवन चौधरी को भी होता था। कभी-कभी उनके मुंह से कुछ अस्फुट शब्द निकलते—'ओह, अच्छा नहीं किया—'

'क्या अच्छा नहीं किया?'

'सोचता हूं—यहां तुम शोभायमान नहीं हो—'

पार्वती हंसते-हंसते कहती—'खूब शोभायमान हूं। और फिर हम लोग शोभा और अशोभा का तो कोई सवाल ही नहीं करते।'

वृद्ध फिर सो जाते और जैसे मन-ही-मन कहते—'सो तो समझता हूं—समझता हूं। तब, तुम्हारा भला होगा। भगवान तुम्हारी रक्षा करेंगे।'

इसी तरह लगभग एक महीना गुजर गया। बीच में चक्रवर्ती महाशय एक बार लड़की को लेने के लिए आए थे—स्वयं पार्वती ही नहीं गई। पिता से कहा—'बाबूजी, बडा अव्यवस्थित परिवार है। मैं कुछ दिनों के बाद आऊंगी।'

वे दूसरी ओर मुंह फेरकर हंसे। मन-ही-मन कहा—'औरतों की जात ही ऐसी होती है।'

उनके चले जाने के बाद, पार्वती ने महेन्द्र को पुकारकर कहा—'बेटा, मेरी बड़ी लड़की को एक बार ला दो।'

महेन्द्र ने आना-कानी की। वह जानता था—यशोदा किसी तरह भी नहीं आएगी। बोला—'एक बार बाबूजी का जाना अच्छा होगा।'

'छिः, यह क्या अच्छा लगेगा? इससे तो अच्छा होगा कि मां-बेटे दोनों ही चलकर लिवा लाएं।'

महेन्द्र को आश्चर्य हुआ। पूछा—'तुम जाओगी?'

'हानि क्या है, बेटा? लज्जा की तो इसमें कोई बात नहीं। अगर मेरे जाने से यशोदा आ जाए—उसका क्रोध शांत हो जाए, तो मेरा जाना कोई मुश्किल नहीं।'

दूसरे दिन महेन्द्र अकेले ही यशोदा को लेने गया। पता नहीं, वहां जाकर उसने क्या चालाकी की कि तुरंत ही, चार दिनों के बाद यशोदा आकर हाजिर हो गई। उस दिन पार्वती के अंग-अंग पर तरह-तरह के, नए-नए, कीमती आभूषण लदे थे। यह सब भुवन बाबू ने उसी दिन कलकत्ते से मंगाए थे—पार्वती उन्हीं को पहने बैठी थी। रास्ते में, यशोदा मन-ही-मन क्रोध और अभिमान की कितनी ही बातें दोहराती रही। मगर नई बहू को देखकर, वह एकबारगी अवाक् रह गई। वह सब घृणा की बातें उसे याद नहीं रहीं; केवल अस्फुट स्वर में बोली—'ये?'

पार्वती यशोदा का हाथ पकड़कर घर में ले गई। पास बैठकर, हाथ में पंखा लेकर बोली—'बेटी, मां पर नाराज थीं?'

यशोदा का मुंह शरम से स्याह हो गया। पार्वती तब अपने सारे आभूषण एक-एक करके यशोदा के अंग-अंग में पहनाने लगी। आश्चर्यचकित यशोदा ने कहा—'यह क्या?'

'कुछ भी नहीं! केवल तुम्हारी मां की साध है।'

गहना पहनना यशोदा को बुरा नहीं लगा; और पहन लेने के बाद उसके अधरों पर हंसी झलक आई। अंग-प्रत्यंग में गहने पहनाकर, आभूषणहीन पार्वती ने कहा—'बेटी, मां से नाराज थी?'

'नहीं-नहीं—नाराज क्यों होऊंगी, कैसी नाराजगी?'

'होनी भी नहीं चाहिए बेटी! यह तुम्हारे पिता का घर है; इतने बड़े घर में नौकर-चाकरों की जरूरत है। मैं एक दासी के अलावा और कुछ नहीं हूं। बेटी, तुच्छ दास-दासियों के ऊपर तुम्हारा नाराज होना क्या अच्छा लगता है?'

यशोदा उम्र में बड़ी थी; किंतु बातचीत करने के मामले में बहुत छोटी थी। वह घबरा गई। पंखा झलते-झलते पार्वती ने फिर कहा—'दुखिया नारी को, लोगों की दया से यहां थोड़ी-सी जगह मिल गई। कितने ही गरीब दुखिया और अनाथ, तुम लोगों की दया से यहां गुजर-बसर करते हैं; मैं भी तो उनमें से एक हूं। जो आश्रित हैं....'

यशोदा अभिभूत होकर सुन रही थी, अब आत्मविभोर होकर, पैरों पर पड़कर प्रणाम करके कह उठी—'तुम्हारे पैरों पड़ती हूं मां!'

पार्वती ने उसका हाथ पकड़ लिया। यशोदा ने कहा—'पाप मत दो मां!'

दूसरे दिन महेन्द्र ने यशोदा को अकेले में बुलाकर कहा—'क्या रे, क्रोध कम हुआ?'

यशोदा ने तुरंत चरणों पर हाथ रखकर कहा—'भैया, क्रोध की झोंक में—छिः-छिः, क्या-क्या कर डाली! देखो, सभी बातें वह जानने न पाए।'

महेन्द्र हंसने लगा। यशोदा ने कहा—'अच्छा भैया, सौतेली मां क्या इतना आदर-सत्कार कर सकती है?'

दो दिन बाद, यशोदा ने खुद ही पिता से कहा—'बाबूजी, वहां चिट्ठी लिख दीजिए—मैं अभी दो महीने तक यहां से नहीं जाऊंगी।'

भुवन बाबू ने आश्चर्य करके कहा—'क्यों बेटी?'

यशोदा झेंपकर मधुर हंसी हंसने लगी, और बोली—'मेरी तबीयत उतनी अच्छी नहीं है—फिर अभी छोटी मां के साथ रहते हुए ही कितने दिन हुए हैं?'

मारे खुशी के बुड्ढे की आंखों से आंसू फूट निकले, शाम को पार्वती को बुलाकर कहा—'तुमने मेरी लाज बचा दी। बनी रहो, सुखी रहो।'

पार्वती ने कहा—'अब यह क्या?'

'तो क्या तुम समझ नहीं पाईं? हे मालिक! कितनी लाज, कितनी आत्मग्लानि से आज मुझे मुक्ति मिली।'

संध्या के अंधेरे में पार्वती ने यह नहीं देखा, कि उसके पति की दोनों आंखों में आंसू भर आए हैं। और विनोदलाल—भुवनमोहन के छोटे पुत्र परीक्षा देकर जो घर लौटे, तो फिर पढ़ने ही नहीं गए।

## (11)

इसके बाद दो-तीन दिनों तक, देवदास रास्ते में इधर-उधर निरुद्देश्य भटकता फिरा—बिलकुल पागलों की तरह धर्मदास कुछ कहने गया था, पर उसे आंखें तरेरकर धमका दिया। उसकी गतिविधि देखकर, चुन्नीलाल को भी कुछ कहने का साहस नहीं हुआ। धर्मदास ने रोते-रोते कहा—'चुन्नीलाल, कैसे यह सब हुआ?'

चुन्नीलाल ने कहा—'क्या हुआ, धर्मदास?'

एक अंधे ने दूसरे अंधे से रास्ता पूछा। अंदर की बात दोनों में से कोई नहीं जानता था। आंखें पोंछते-पोछते धर्मदास ने कहा—'चुन्नीबाबू, जैसे भी हो—देवता को उनकी मां के पास भेज

दीजिए। अगर अब पढ़ाई-लिखाई नहीं करेंगे, तो यहां रहकर क्या करेंगे?'

बात बिलकुल सच थी। चुन्नीलाल सोचने लगे। चार-पांच दिन बाद ठीक उसी तरह चुन्नीबाबू बाहर निकले कि देवदास ने कहीं से आकर उनका हाथ पकड़ लिया—'चुन्नीबाबू, कहां जा रहे हो?'

चुन्नीलाल ने लज्जित होकर कहा—'हां—नहीं; कहो तो जाऊं।'

देवदास ने कहा—'नहीं, जाने की मनाही नहीं करता। किंतु एक बात बतलाओ, कि किस आशा से तुम वहां जाते हो?'

'आशा और क्या होगी! यों ही समय काटने।'

'समय काटने? मेरा समय तो न जाने क्यों कटता ही नहीं। मैं भी समय काटना चाहता हूं।'

चुन्नीलाल कुछ देर तक उसके मुंह की ओर देखते रह गए; शायद उसका मुंह देखकर, उसके मन ही बात जानने की चेष्टा करते रहे। उसके बाद कहा—'देवदास, तुम्हें क्या हुआ है—खुलकर बता सकते हो?'

'कुछ भी तो नहीं हुआ!'

'नहीं बताओगे?'

'नहीं चुन्नी, बतलाने की कोई बात ही नहीं।'

चुन्नीलाल बड़ी देर तक सिर झुकाए रहने के बाद बोले—'देवदास मेरी एक बाद मानोगे?'

'क्या?'

'वहां तुम्हें एक बार और चलना होगा। मैंने वचन दिया है।'

'जहां उस दिन गया था—वहीं तो?'

'हां—'

'तौबा है—मुझे अच्छा नहीं लगता।'

'जाने पर अच्छा लगेगा, मैं प्रबंध कर दूंगा।'

देवदास अन्यमनस्क की तरह कुछ देर तक बैठे रहने के बाद बोला—'अच्छा चलो, चलें।'

पतन की एक सीढ़ी नीचे उतारकर, चुन्नीलाल कहीं सरक गया है। देवदास चंद्रमुखी के घर में, फर्श पर बैठकर शराब पी रहा है। पास ही बैठी चंद्रमुखी उदास भाव से देखती-देखती, भयभीत होकर कह उठी—'देवदास, अब मत पीओ!'

देवदास ने शराब का गिलास नीचे रखकर भौंहें सिकोड़ लीं—'क्यों?'

'अभी कुछ ही दिनों से शराब पीने लगे हो; इतना बर्दाशत नहीं कर सकोगे।'

'बर्दाश्त करने के लिए शराब नहीं पीता। केवल यहां रहने के लिए ही शराब पीता हूं।'

यह बात चंद्रमुखी कितनी बार सुन चुकी थी। कितनी बार उसके मन में आया है कि दीवार से सिर टकराकर, खून बहा-बहाकर मर जाए। देवदास को उसने प्यार किया था। देवदास ने शराब का गिलास फेंक दिया, कोच के पाए से टिककर वह चूर-चूर हो गया। फिर खिसककर तकिए का सहारा लेकर, कांपते-कांपते बोला—'मुझमें उठने की शक्ति नहीं है; इसी से यहां बैठा रहता हूं—ज्ञान नहीं है, इसी से तुम्हारे मुंह की ओर देखकर बातें करता हूं—चंद....र—तब भी ज्ञान नहीं हो पाता; तब भी एक ज्ञान रहता है—तुम्हें छू नहीं सकता--मुझे बड़ी घृणा होती है।'

चंद्रमुखी आंखें पोंछकर धीरे-धीरे कहने लगी—'देवदास, यहां कितने ही आदमी आते हैं। पर वे तो कभी शराब नहीं छूते।'

देवदास आंखें तरेरने लगता। झूमते-झूमते इधर-उधर हाथ फेंककर कहता—'नहीं छूते हैं? मेरे पास बंदूक रहती, तो उन्हें गोली मार देता। वे तो मुझसे भी बढ़कर पापी हैं—चंद्रमुखी!'

कुछ रुककर वह जैसे कुछ सोचने लगा, उसके बाद फिर कहा—'अगर कभी शराब छोड़ दूं—यद्यपि कभी छोडूंगा नहीं—तो फिर कभी यहां नहीं आऊंगा। मेरे लिए तो उपाय है, किंतु उनका क्या होगा?'

कुछ रुककर कहने लगा–'बड़ी तकलीफ के कारण शराब पीने लगा–हमारी विपत्ति की, तकलीफ की यही तो साथी है। और तुम्हें भी छोड़ नहीं पाता–'देवदास तकिए के ऊपर मुंह रगड़ने लगा। चंद्रमुखी ने नजदीक आकर उसका मुंह पकड़ लिया। देवदास ने भौंहें सिकोड़ लीं–'तौबा है, छुओ मत–अभी मैं होश में हूं। चंद्रमुखी, तुम तो जानती नहीं हो–केवल मैं जानता हूं कि मैं तुमसे कितनी नफरत करता हूं–हमेशा नफरत करूंगा–तब भी आऊंगा, तब भी आऊंगा, तब भी बातें करूंगा–और कोई उपाय ही नहीं है। यह सब क्या तुम समझोगी? हीः-हीः–लोग पाप-कर्म अंधेरे में करते हैं; और मैं यहीं मतवाला हो जाता हूं–इतना उपयुक्त स्थान, क्या संसार में और कहीं है? और तुम–'

देवदास ने अपनी आंखें टिकाकर कुछ देर तक उसके उदास मुंह की ओर देखने के बाद कहा–'अहा, तुम सहिष्णुता की मूर्ति हो! लांछना, फटकार, अपमान, अत्याचार और उपद्रव इत्यादि स्त्री जाति कितना बर्दाश्त कर पाती है–तुम्हीं इसके लिए उदाहरण हो।'

इसके बाद वह चित्त होकर लेट गया और धीरे-धीरे कहने लगा–'चंद्रमुखी कहती है कि वह मुझे प्यार करती है--मैं नहीं चाहता–नहीं चाहता–नहीं चाहता! लोग थियेटर करते हैं, मुंह में चूना-कालिख पोतकर–चोट्टे हैं–भीख मांगते हैं–राजा बनते हैं, रानी बनते हैं, प्यार करते हैं–कितने प्यार की बातें करते हैं–कितना रोते हैं–जैसे सब कुछ सत्य हो। मेरी चंद्रमुखी थियेटर करती है, मैं देखता हूं। किंतु उसे याद आता है–पल-भर में जैसे, क्या-से-क्या हो गया है। कहां वह चली गई–और किस रास्ते पर मैं चला गया। अब जिंदगी-भर के लिए मस्ती का अभिनय शुरू हो गया है। एक बहुत बड़ा मतवाला–और एक यह–होने दो, वही होने दो–फिक्र क्या है। आशा नहीं है, भरोसा नहीं है–सुखी नहीं है, साध भी नहीं है–वाह? बहुत अच्छे!'

इसके बाद देवदास करवट बदलकर, न जाने क्या-क्या बड़बड़ने लगा–चंद्रमुखी वह सब समझ नहीं पाई। थोड़ी ही देर में

देवदास सो गया। चंद्रमुखी तब पास आकर बैठ गई। अपना आंचल भिगोकर उसका मुख पोंछ दिया, भीगे हुए तकिए को बदल दिया। एक पंखा लेकर कुछ देर तक हवा करती रही, और फिर देर तक सिर झुकाए बैठी रही। तब रात का करीब एक बज रहा था। चिराग की लौ कम करके, दरवाजा बंद कर वह दूसरे कमरे में चली गई।

## (12)

दोनों भाई—द्विजदास और देवदास और गांव के कितने ही आदमी, जमींदार नारायण मुखर्जी की अंत्येष्टि-क्रिया करके घर वापस आए। द्विजदास पागलों की तरह चिल्लाकर रो रहा था—मुहल्ले के आदमी उसे शांत नहीं कर पाते थे; और देवदास चुपचाप एक खंभे के पास बैठा था। उसके मुंह में शब्द नहीं थे, आंखों में आंसू का एक कतरा भी नहीं था। कोई उसे नहीं सम्भालता था—किसी ने सांत्वना देने की कोशिश भी न की। एक बार मधुसूदन घोष उसके पास जाकर कहने लगे थे—'यह सब, बेटा, जो भाग्य में—'

देवदास ने द्विजदास की ओर हाथ का इशारा करके कह दिया—'वहां!'

घोष महाशय झेंप गए—'हां, उन्हें कितना शोक....' इत्यादि कहते कहते चले गए। फिर और कोई पास नहीं आया। दोपहरी खत्म होने के बाद देवदास अपनी अर्द्ध-मूर्च्छित माता के पैरों के पास जा बैठा। वहां बहुत-सी औरतें उन्हें घेरे बैठी थीं। पार्वती की दादी भी मौजूद थीं। वे रोते-रोते, उस दुखी विधवा माता को संबोधित कर, अस्फुट स्वर में बोलीं—'बहू, उधर तो देखो, देवदास आया है!' देवदास ने पुकारा—'मां!'

उन्होंने केवल एक बार ही देखकर कहा—'बेटा!' इसके बाद उनकी बंद आंखों के कोनों से होकर, अजस्र अश्रु-धारा बहने लगी। सभी औरतें भी रे-रे करके रो उठीं। माता के चरणों में

देवदास कुछ देर तक सिर छिपाए रहा; इसके बाद धीरे-धीरे उठा, गया मृत-पिता के सोने के कमरे में। आंखों में आंसू नहीं थे—गंभीर शांति चेहरे पर थी। अपनी लाल-लाल आंखों से ऊपर की ओर देखता, तो शायद डर जाता। माथे के दोनों ओर की नसें फूल गई थीं। बड़े-बड़े सूखे बाल बिखर गए थे। तपाए हुए सोने की तरह का उसका रंग काला पड़ गया था। कलकत्ते के घृणित अत्याचार के बाद, रात-भर का यह जागना—तिस पर पिता की मृत्यु! एक साल पहले जिसने भी उसे देखा था—शायद अब वह एकाएक पहचान भी नहीं पाता। कुछ देर बाद, पार्वती की मां उसे खोजते-खोजते दरवाजा ठेलकर अंदर आईं—'देवदास!'

'क्या है, चाची?'

'इस तरह करने से तो काम चलेगा नहीं, बेटा!'

देवदास ने उसके मुंह की ओर देखकर कहा—'क्या किया है चाची?'

चाची समझ गईं किंतु जवाब नहीं दे पाईं। देवदास का सिर अपनी गोद में खींचकर कहा—'देवू—बेटा!'

'क्यों, चाची!'

'देवू—चरण बेटा—'

उसकी छाती के पास सिर रखकर, देवदास ने तब एक कतरा आंसू गिराया।

दुखी परिवार के दिन कट ही जाते हैं। धीरे-धीरे भोर हुआ, रोना-धोना बहुत-कुछ कम हो गया। द्विजदास बिलकुल पहले जैसे हो गए हैं। उसकी मां भी उठ बैठीं; आंखें पोंछते-पोंछते दिन-भर का काम करती रहतीं। दो दिन बाद, द्विजदास ने देवदास को बुलाकर कहा—'देवदास पिता के श्राद्ध में कितना रुपया खर्च करना उचित होगा?'

देवदास ने बड़े भाई के मुंह की ओर देखते हुए कहा—'जितना आप उचित समझें।'

'नहीं भाई, अब केवल मेरे समझने से तो काम चलेगा नहीं, तुम बड़े हो गए हो। तुम्हारी राय जानना भी आवश्यक है

देवदास ने पूछा–'कितना नकद रुपया है?'

'बाबूजी की अमानत में, डेढ़ लाख रुपया जमा है। मेरी राय में, दस हजार रुपया खर्च करना काफी होगा।'

'मुझे कितना मिलेगा?'

द्विजदास ने कुछ इधर-उधर करके कहा–'उसका आधा तुम्हें भी मिलेगा। दस हजार खर्च करने पर, सत्तर हजार तुम्हें और सत्तर हजार मुझे मिलेगा।'

'मां को क्या मिलेगा?'

'मां नकद रुपया लेकर क्या करेगी? वे तो मालकिन हैं–हम उनका पालन करेंगे।'

देवदास ने कुछ सोचकर कहा–'मेरी राय में, आपके हिस्से का पांच हजार और मेरे हिस्से का पच्चीस हजार रुपया खर्च होगा। बाकी पचास हजार में से पच्चीस हजार मैं लूंगा, और पच्चीस हजार मां के नाम से जमा रहेगा। आपकी क्या राय है?'

पहले द्विजदास कुछ लज्जित हो गया, फिर कहा–'अच्छी बात है। किंतु मेरी बात तो तुम जानते ही हो–स्त्री है, बाल-बच्चे हैं, उनकी शादी-ब्याह है–दुनिया-भर का खर्च है। इसीलिए यही राय ठीक है।' कुछ रुककर कहा–'तुम कुछ लिख देने से....'

'लिखने-पढ़ने की क्या जरूरत है? यह सब काम अच्छा नहीं लगेगा। मेरी इच्छा है कि रुपए-पैसे की बात इस समय छिपे तौर पर ही हो।'

'अच्छी बात है। किंतु क्या जानते हो भाई....'

'अच्छा मैं लिखे देता हूं।'–उसी दिन देवदास ने लिख-पढ़ दिया।

दूसरे दिन दोपहर को देवदास नीचे उतर रहा था, कि सीढ़ी के बगल में पार्वती को देखकर ठिठक गया। पार्वती उसके मुंह की ओर देखती रह गई–पहचानते हुए जैसे उसे तकलीफ हो रही थी।

देवदास ने गंभीर और शांत भाव से, पास आकर कहा—'कब आई, पार्वती!'

वही कण्ठस्वर! आज तीन साल के बाद देखा-देखी हुई। पार्वती ने सिर झुकाए हुए कहा—'सुबह ही आई हूं!'

'बहुत दिनों से भेंट नहीं हुई। अच्छी तरह से तो थी?'

पार्वती ने सिर हिलाया।

'चौधरी जी मजे में हैं? बाल-बच्चे सब मजे में हैं?'

'सब मजे में हैं।'—पार्वती ने एक-दो बार उसके मुंह की ओर देखा। किंतु एक बार भी नहीं पूछ सकी कि वह खुद कैसे रहा—क्या करता रहा? अब तो कुछ पूछना भी जैसे अच्छा ही नहीं लगता।

देवदास ने पूछा—'अब कुछ दिन रहोगी न?'

'हां!'

'तब तो ठीक है'—कहकर देवदास बाहर चला गया।

श्राद्ध समाप्त हो गया था। वे सब बातें बतलाने के लिए बहुत कुछ लिखना पड़ेगा। इसलिए उसकी आवश्यकता नहीं समझता। श्राद्ध के दो दिन बाद, पार्वती ने धर्मदास को अकेले में बुलाकर, सोने का एक हार देते हुए कहा—'धरमू, तुम्हारी लड़की को, पहनने के लिए—'

धर्मदास ने उसके मुंह की ओर देखकर अपनी भीगी आंखों को और भी भिगोकर, रुंधे स्वर से कहा—'तुम्हें बहुत दिनों से नहीं देखा; सब समाचार अच्छा तो है न, बहन?'

'सब अच्छा है। तुम्हारे बाल-बच्चे में हैं?'

'मजे में हैं, पारू!'

'तुम अच्छी तरह से थे?'

लम्बी सांस छोड़कर धर्मदास ने कहा—'क्या अच्छी तरह से रहूंगा! अब तो जाने की इच्छा हो रही है—मालिक चले ही गए।' मारे दुःख के धर्मदास और न जाने क्या-क्या कहता, किंतु पार्वती

ने उसे सांत्वना दी। यह सब संवाद सुनने के लिए उसने हार नहीं दिया था।

पार्वती कह उठी—'कैसी बातें करते हो? धर्मू, तुम्हारे चले जाने पर देवदास की देखभाल कौन करेगा?'

धर्मदास ने माथा ठोंककर कहा—'जब बच्चा था तो देखभाल की! अब तो देखभाल करने से अलग रहा।'

पार्वती ने और नजदीक खिसककर कहा—'धर्मू, एक बात पूछूं, सच-सच बताओगे?'

'क्यों नहीं, दीदी?'

'तब सच-सच बतलाओ, कि देवदास अब क्या करता है?'

'करता है मेरा सर, मेरा मुण्ड!'

'धर्मदास, साफ-साफ बतलाओ न!'

धर्मदास ने फिर माथा ठोंककर कहा—'साफ-साफ और क्या बतलाऊं बहन! ये क्या कहने की बात है? अब तो मालिक भी नहीं हैं—देवता के हाथ काफी रुपया है—अब तो रक्षा करना जरा मुश्किल ही है।'

पार्वती का मुंह बिलकुल उदास हो गया। उसके कानों तक भी ये सब बातें कुछ-कुछ पहुंची थीं। उदास होकर बोली—'क्या बतलाओगे, धर्मदास! उस मनोरमा की चिट्ठी से जब बहुत कुछ सुनती थी—तब विश्वास नहीं हो पाता था।' धर्मदास ने सिर हिलाते हुए कहा—'खाना-पीना नहीं, सोना नहीं, केवल बोतल-के-बोतल शराब उड़ेल जाता है। तीन-तीन चार-चार दिनों तक कहां गायब रहता है—कुछ पता नहीं। कितना ही रुपया फूक डाला। सुनता हूं कि कई हजार रुपयों का तो उसके लिए गहना बनवा डाला है।'

पार्वती सिर से पांव तक कांप उठी—'धर्मदास, यह सब क्या सच है?'

धर्मदास अपने आप कहने लगा—'तुम्हारा कहा मान सकता है—एक बार मना कर दो। कैसा शरीर था और अब कैसा हो

गया—इस तरह उपद्रव मचाने से, कितने दिन वह बचेगा? किससे यह सब कहूं? मां, बाप, भाई—इनसे ऐसी बातें कही नहीं जातीं।'—धर्मदास बार-बार माथा पीटकर कहने लगा—'जी में आता है कि सिर पटककर मर जाऊं। पारू, अब जीने की साध नहीं रही।'

पार्वती उठ गई। नारायणबाबू के मरने की खबर पाते ही, वह दौड़ी चली आई थी। सोचा था कि ऐसे विपत्ति के समय, देवदास के पास एक बार जाना ही उचित है। किंतु उसके इतने प्यारे देव भैया की ये हालत हो गई? कितनी ही बातें उसे याद आने लगीं, जिनका कोई हिसाब नहीं। जितना उसने देवदास को धिक्कारा, उससे सैकड़ों गुना बार अपने-आपको धिक्कारा। सैकड़ों बार उसके मन में यह बात आई, कि उसके रहते क्या ऐसा कभी हो पाता। पहले भी अपने ही हाथों अपने पांवों में कुल्हाड़ी मारी; किंतु यह कुल्हाड़ी उसके माथे पर जा लगी। उसके देव भैया ऐसे हुए जा रहे थे—इस तरह बर्बाद हुए जा रहे थे—और वह दूसरे की दुनिया आबाद करने में लगी थी। दूसरों को अपना समझकर वह रोज ही अनाज बांटती थी, और उसका सर्वस्व—आज दाने-दाने का मुहताज रहा। पार्वती ने प्रण किया कि आज वह देवदास में पांवों में सिर पटककर मर जाएगी।

शाम होने में अभी कुछ देर थी—पार्वती ने देवदास के कमरे में प्रवेश किया। चारपाई पर बैठा देवदास हिसाब जोड़ रहा था। उसने सिर उठाकर देखा—पार्वती धीरे-धीरे दरवाजा बंद करके, मेज के ऊपर बैठ गई। देवदास मुंह ऊपर करके हंसा। उसका मुंह उदास, किंतु शांत था। एकाएक मजाक के स्वर में कहा—'अगर बदनामी फैला दूं तो?'

पार्वती ने सलज्ज भाव से, अपनी कमल जैसी आंखों से एक बार उसकी ओर देखा और फिर सिर झुका लिया। पल-भर में ही वह समझ गई कि यह बात उसकी छाती के अंदर शूल की तरह हमेशा के लिए चुभ गई है, और क्यों? कितनी ही बातें कहने के

लिए आई थी, मगर सबकुछ भूल गई। देवदास के साथ वह कोई बात नहीं कर सकी और देवदास हंस पड़ा—'समझता हूं रे! समझता हूं! लजा रही हो। है न?' तब भी पार्वती कोई बात नहीं कर पाई। देवदास कहने लगा—'उसमें अब लाज कैसी? दोनों ने ही मिल-जुलकर लड़कपन किया। और देखो न, बीच में कैसा गोलमाल हो गया। नाराज होकर, जो जी में आया तुमने कह दिया, मैंने भी ललाट के ऊपर ये दाग लगा दिया। यही न?'

देवदास की बातों में तिरस्कार या क्रोध तनिक भी नहीं था, हंसते-ही-हंसते, खुशी से, उसने अतीत के दुःख की कहानी कह दी। किंतु पार्वती की छाती फटने लगी। मुंह पर कपड़ा देकर और सांस रोककर, मन-ही-मन में कहा—'देव भैया, इस दाग ही से मुझे संतोष है, यही सहारा है। तुमने मुझे प्यार किया है, इसलिए बचपन की कहानी मेरे ललाट पर लिख दी। वह मेरी लाज नहीं है। वह मेरा कलंक नहीं है। वह तो मेरे लिए गौरव की चीज है।'

'पारू!'

मुंह से आंचल हटाए बिना पार्वती ने कहा—'क्या?'

'तुम पर मुझे बहुत क्रोध आता है।'

अब की देवदास का कण्ठस्वर विकृत होने लगा—'बाबूजी नहीं—ये मेरे दुःख के दिन हैं—किंतु तुम्हारे रहने पर, क्या कुछ चिंता रहती! बड़ी बहू को तो जानती ही हो। भैया का स्वभाव भी तुमसे छिपा नहीं है। तुम्हीं बतलाओ, इस वक्त मां के लिए मैं क्या करूं? और मेरा ही क्या होगा—कुछ भी समझ में नहीं आता। तुम होतीं, तो निश्चिंत होकर, सब कुछ तुम्हारे हाथ में सौंपकर—अरे, यह क्या पारू? रो रही हो?'

पार्वती फफक-फफक कर रोने लगी। देवदास ने कहा—'रो रही हो? तब तो और कुछ नहीं कहा जाएगा।'

पार्वती ने आंखें पोंछते-पोंछते कहा—'कहो!'

तुरंत ही देवदास ने अपना कण्ठस्वर सुधारकर कहा—'पारू, तुम तो बिल्कुल पक्की मालकिन बन गई हो रे!'

भीतर-ही-भीतर पार्वती ने होंठ काट लिए, मन-ही-मन कहा—'कैसी मालकिन! क्या सेमल का फूल भी देवता को चढ़ाया जाता है?'

देवदास हंस पड़ा, हंसते-ही-हंसते कहा—'खूब हंसी आ रही है। तुम इतनी-सी थीं और अब कितनी बड़ी हो गई हो। बड़ा मकान, बड़ी जमींदारी, बड़े-बड़े बाल-बच्चे और चौधरी महाशय, सभी बड़े हैं—'क्यों रे पारू?'

चौधरी महाशय का पार्वती बहुत आदर करती थी। उनकी याद आते ही वह हंसने लगती। इसी से, इतने कष्ट में भी वह हंस पड़ी। देवदास ने बनावटी गंभीरता के साथ कहा—'मेरा कुछ उपकार कर सकोगी?'

पार्वती में मुंह उठाकर कहा—'क्या?'

'तुम्हारे देश की ओर अच्छी लड़कियां मिलती हैं?'

गला साफ करते हुए पार्वती ने कहा—'अच्छी लड़की का क्या करोगे?'

'मिलती, तो शादी करता। एक बार संसारी बनने का जी चाहता है।'

एक भली लड़की की तरह पार्वती ने कहा—'खूब सुंदर न?'

'हां, तुम्हारी तरह।'

'और खूब भली-मानुष?'

'नहीं, खूब भलीमानुष का काम नहीं है। बल्कि कुछ दुष्ट होनी चाहिए—जो तुम्हारी तरह मेरे साथ झगड़ा कर सके।'

पार्वती ने मन-ही-मन कहा—'वह तो कोई नहीं पा सकेगा! देवदास भैया, क्योंकि मेरी ही तरह उसे प्यार करना सीखना होगा!' मुंह से कहा—'मैं मुंह-जली किस काम की हूं? मुझ जैसी तो हजारों लड़कियां अगर तुम्हारे चरणों में आ पावें, तो अपने-आपको धन्य समझेंगी।' देवदास ने मजाक के तौर पर हंसकर कहा—'एक अभी दे सकोगी बहन?'

'देव भैया, सचमुच शादी करोगे?'

'बतलाया तो तुम्हें। केवल यही खोलकर नहीं बतलाया—कि तुम्हारे अलावा, इस संसार में किसी भी दूसरी लड़की की ओर मैं नहीं झुकूंगा!'

'देव भैया, एक बात बतलाओगे?'

'क्या?'

पार्वती ने अपने को कुछ संभालकर कहा—'तुमने शराब पीना क्यों सीखा?'

देवदास हंस पड़ा, कहा—'खाने के लिए क्या कुछ सीखना पड़ता है?'

'सो नहीं, मेरा मतलब कि आदत क्यों डाली?'

'किसने कहा, धर्मदास ने?'

'किसी ने भी कहा हो, पर यह सच है।'

देवदास ने छिपाया नहीं; कहा—'बहुत कुछ सच है!'

पार्वती ने थोड़ी देर तक स्तब्ध होकर बैठी रहने के बाद पूछा—'और कई हजार का गहना भी बनवा दिया है?'

देवदास ने हंसकर कहा—'दिया नहीं है, पर बनवा रखा है। तुम लोगी?'

पार्वती ने हाथ फैलाकर कहा—'लो! ये देखो, मेरे पास भी गहना नहीं है।'

'चौधरी महाशय ने तुम्हें दिया नहीं?'

'दिया था, पर मैंने सब-का-सब उनकी बड़ी लड़की को दे दिया।'

'क्या तुम्हें उससे कोई वास्ता नहीं है?'

पार्वती ने सिर हिलाकर मुंह झुका किया। अबकी सचमुच देवदास की आंखों में आंसू आ गए। देवदास यह समझता था कि अपना गहना उतारकर देने में, औरतों को कम तकलीफ नहीं होती। आंखों के आंसू रोककर उसने धीरे-धीरे कहा—'झूठ बात है, पारू! किसी भी औरत को मैं प्यार नहीं करता, किसी को भी मैंने कोई गहना नहीं दिया।'

पार्वती ने एक लम्बी सांस छोड़कर मन-ही-मन कहा—'मुझे भी ऐसा ही विश्वास है।'

बड़ी देर तक दोनों चुप रहे। उसके बाद पार्वती ने कहा—'किंतु प्रतिज्ञा करो कि शराब नहीं पीओगे?'

'ऐसा नहीं कर सकता। तुम क्या प्रतिज्ञा कर सकती हो, कि मुझे एक बार भी याद नहीं करोगी?'

पार्वती ने कुछ नहीं कहा। इसी समय बाहर शंखध्वनि हुई। देवदास ने चकित होकर खिड़की से बाहर देखते हुए कहा—'शाम हो गई। अब घर जाओ, पारू!'

'मैं नहीं जाती! तुम प्रतिज्ञा करो।'

'मैं कर नहीं पाऊंगा।'

'क्यों नहीं कर पाओगे?'

'क्या सब काम सभी कर सकते हैं?

'चाहने पर अवश्य कर सकते हैं।'

'तुम आज रात को, मेरे साथ भागकर चल सकोगी?'

सहसा पार्वती के हृदय की गति जैसे बंद हो गई। अनजाने में अस्फुट शब्द बाहर निकल गए—'ऐसा भी कहीं होता है?

देवदास बिछावन के ऊपर कुछ खिसककर बैठ गया और बोला—'पार्वती, दरवाजा खोल दो।'

पार्वती ने खिसककर दरवाजे पर अच्छी तरह पीठ लगाकर बैठते हुए कहा—'प्रतिज्ञा करो!'

देवदास उठ खड़ा हुआ और गंभीर भाव से कहने लगा—'पारू जबर्दस्ती प्रतिज्ञा करना क्या अच्छा है? या ऐसा करने से कोई फायदा होता है? आज की प्रतिज्ञा कल नहीं रहेगी—तब क्या मुझे झूठा बनाओगी?'

और भी बहुत क्षण निःश्शब्द बीत गए। इसी समय कहीं, किसी घर की घड़ी ने टन्-टन् करके नौ बजाए। देवदास घबरा गया। कहा—'अरे पारू, दरवाजा खोले दे!' पार्वती कुछ बोली नहीं—वह फिर कसमसाया—'ऐ पारू!'

'मैं किसी तरह भी नहीं जाऊंगी–' कहकर, पारू एकाएक रोती-रोती जमीन पर लोट गई–बड़ी देर तक रोती-कलपती रही। घर के अंदर घना अंधकार था–कुछ भी नजर नहीं आ रहा था। देवदास ने केवल अनुमान किया कि पार्वती जमीन पर लोटकर रो रही है–उसने धीरे-धीरे पुकारा–'पारू!'

पार्वती ने रोते-रोते जवाब दिया–'देव भैया, मुझे बड़ी तकलीफ है।' देवदास नजदीक खिसक आया। उसकी आंखों में भी आंसू थे–किंतु आवाज विकृत नहीं हो पाई। कहा–'क्या मैं नहीं जानता रे!'

'देव भैया, मैं मरी जा रही हूं कभी भी तुम्हारी सेवा नहीं कर पाई–ये मेरे बचपन की साध....'

अंधेरे में आंखें पोंछकर देवदास ने कहा–'उसका भी तो समय है।'

'तब तुम मेरे साथ चलो। यहां तुम्हारी देखभाल करने वाला भी तो कोई नहीं है।'

'तुम्हारे घर चलने पर तो खूब देखभाल करोगी?'

'मुझे बचपन से साध है। हे परमात्मा! मेरी यह साध पूरी कर दो। उसके बाद मरूं....तब भी मुझे कोई दुःख नहीं रहेगा!'

अबकी देवदास की आंखों में आंसू आ गए।

पार्वती ने फिर कहा–'देव भैया, मेरे घर चलो।'

देवदास ने आंखें पोंछकर कहा–'अच्छा चलूंगा।'

देवदास ने अंदाज से पार्वती के पैरों को छूकर कहा–'ये बात कभी नहीं भूलूंगा। मेरी देखभाल करने से ही–अगर तुम्हारी तकलीफ कम हो–तो मैं जरूर चलूंगा। मरने के पहले भी यह बात मुझे याद रहेगी।'

## (13)

पिता की मृत्यु के बाद, छः महीने तक लगातार घर में रहते-रहते देवदास बेचैन हो गया। सुख नहीं, शांति नहीं–बिलकुल एक-सी

जिंदगी गुजर रही थी। इसके अलावा, आजकल सभी कामों में पार्वती की याद उसे बराबर आती रहती है, और भाई द्विजदास और उसकी पतिव्रता स्त्री ने देवदास की बेचैनी को और बढ़ा दिया है।

मालकिन की भी हालत देवदास की तरह ही थी। पति की मृत्यु के साथ ही, उसका सारा सुख हवा हो गया। इस घर में गुलाम की तरह रहना वह सहन नहीं कर पाती थी—आज कई दिनों से, वह काशीवास करने का निश्चय कर रही थी—केवल देवदास की शादी किए बिना नहीं जा पाती थी—कहती थी—देवदास, शादी कर लो ताकि मैं देखती जाऊं। किंतु यह कैसे हो सकता था? एक तो उसकी शोचनीय दशा और दूसरे उसके मन के मुताबिक लड़की भी अभी ढूंढ़नी होगी। इसी से आजकल मालकिन को बीच-बीच में दुःख भी होता था, कि उस समय पार्वती के साथ ही शादी कर देना ठीक हुआ होता। एक दिन उन्होंने देवदास को बुलाकर कहा—'देवदास अब तक नहीं ठहर सकती—कुछ दिनों के लिए मैं काशी चली जाना चाहती हूं।' देवदास भी यही चाहता था; बोला—'मैं भी वही कहता हूं, छः महीने बाद लौटने पर ही और सब होगा।'

'हां भाई, यही सही। बाद में लौटने पर, उनकी वर्षी हो जाने पर तुम्हारी शादी करके गृहस्थ बनाकर की काशीवास करूंगी।'

देवदास राजी होकर कुछ दिनों के लिए मां को काशी पहुंचाकर, स्वयं कलकत्ता चला गया। कलकत्ता आकर, देवदास ने तीन-चार दिनों तक चुन्नीलाल की खोज की-मगर वह नहीं मिला-किसी दूसरे हॉस्टल में चला गया था। एक दिन शाम को, देवदास को चंद्रमुखी की याद आ गई। देवदास को कुछ लज्जा-सी मालूम हुई—एक गाड़ी किराए पर लेकर शाम होने के बाद ही वह चंद्रमुखी के मकान के सामने आकर हाजिर हो गया। बड़ी देर तक पुकारते रहने के बाद अंदर से किसी औरत ने जवाब दिया—'यहां नहीं है।' सामने ही एक बत्ती का खम्भा था। देवदास ने उसके पास आकर

कहा—'बता सकती हो, वह औरत कहां गई?' खिड़की खोलकर कुछ देर देखते रहने के बाद वह बोली—'तुम कौन हो!....देवदास?'

हां!'

'रुको, दरवाजा खोलती हूं।'—खोलकर उसने कहा—'आओ!' आवाज कुछ परिचित-सी मालूम हुई, पर वह उसे नहीं पहचान पाया। कुछ अंधेरा भी हो गया था। कुछ शक करते हुए उसने पूछा—'चंद्रमुखी कहां है, बता सकोगी?'

उस औरत ने मधुर हंसी हंसकर कहा—'बता सकती हूं—ऊपर तो चलो।' अबकी देवदास पहचान पाया—'अरे, तुम?'

'हां, मैं चंद्रमुखी! मुझे बिलकुल भूल ही गए?'

ऊपर जाकर देवदास ने देखा कि चंद्रमुखी काले किनारे की धोती पहने है, जो मैली है। हाथों में महज दो कंगन वह पहने हुए थी, दूसरा कोई गहना नहीं था। सिर के बाल अस्त-व्यस्त से देख, चकित होकर देवदास ने कहा—'तुम?' फिर उसे गौर से देखा—चंद्रमुखी पहले की अपेक्षा बहुत दुबली हो गई थी। पूछा—'तुम्हें कोई कष्ट है?'

चंद्रमुखी ने हंसकर कहा—'शारीरिक कष्ट तनिक भी नहीं हुआ। तुम आराम से बैठ जाओ।'

देवदास ने बिस्तर पर बैठकर देखा, घर में एकदम आमूल परिवर्तन हो गया है। घर की मालकिन की तरह, उसकी दुर्दशा की भी कोई सीमा नहीं है। एक भी सामान नहीं था—अलमारी, टेबल और कुर्सी की जगह खाली पड़ी है। महज एक बिस्तर पड़ा है—जिसकी चादर मैली हो गई है। दीवार पर टंगी तस्वीरें हटा दी गई हैं, लोहे की कीलें अब भी लगी थीं, दो-एक लाल फीते अब भी लटक रहे थे। घड़ी वहीं स्टैण्ड के ऊपर लगी थी, किंतु बंद थी। आस-पास मकड़ों ने मनमाने जाले बुन दिए हैं। एक कोने में जलते हुए चिराग से धुंधली-सी रोशनी आ रही थी। उसी के सहारे, देवदास ने घर की नई सजावट देख ली। कुछ दुखित होकर बोला—'चंद्र, ऐसी बुरी हालत कैसे हो गई?' चंद्रमुखी ने उदास

भाव से हंसकर कहा—'ये किसने कहा कि बुरी हालत है? मेरी तो किस्मत खुल गई है।'

देवदास समझ नहीं सका, कहा—'तुम्हारे शरीर के गहने क्या हो गए?'

'बेच दिए।'

'और सब सामान?'

'वह भी बेच दिया।'

'घर की तस्वीरें भी बेच दीं?'

इस बार चंद्रमखी ने सामने वाले घर की ओर देखकर कहा—'उस घर की क्षेत्रमणि को, सब बेच दिया।'

देवदास ने कुछ देर तक उसके मुंह की ओर देखते रहने के बाद कहा—'चुन्नीबाबू कहां हैं?'

'कह नहीं सकती। दो महीने हुए झगड़ा करके चले गए, फिर नहीं आए।'

देवदास को और भी आश्चर्य हुआ—'झगड़ा क्या है?'

चंद्रमुखी ने कहा—'झगड़ा क्या होता नहीं?'

'होता है, किंतु क्यों?'

'दलाली करने आए थे, इसी से खदेड़ दिया।'

'किसकी दलाली?'

चंद्रमुखी ने हंसकर कहा—'पटसन की।' उसके बाद बोली—'तुम समझ क्यों नहीं पाते? एक बड़े आदमी को पकड़ लाए थे, जो महीने में दो सौ रुपया, बहुत-सा गहना, और दरवाजे पर पहरा देने के लिए एक सिपाही दे रहा था। समझे!'

देवदास समझ गया और हंसकर बोला—'वह सब तो कहीं दिखलाई नहीं दे रहा है।'

'रहता, तभी तो देखते! मैंने तो उन्हें खदेड़ दिया।'

'उनका कसूर क्या था?'

'कसूर तो अधिक कुछ नहीं था—किंतु मुझे अच्छा नहीं लगा।'

देवदास ने बड़ी देर तक सोचते रहने के बाद कहा—'तब से ही यहां और कोई नहीं आया?'

'नहीं! उस दिन से क्या, तुम्हारे जाने के बाद से ही यहां कोई नहीं आया। बीच-बीच में केवल चुन्नी आकर बैठता था। किंतु दो महीने से वह भी बंद है।'

देवदास बिछावन पर लोट गया। दूसरी ओर देखते हुए, बड़ी देर तक चुप रहने के बाद धीरे-धीरे बोला—'तब क्या दुकानदारी सब खत्म कर दी? चंद्रमुखी!'

'हां, दिवाला निकल गया।'

देवदास ने इस बात का जवाब दिए बिना ही कहा—'किंतु खाओगी कैसे?'

'बतलाया न कि जो गहने थे, बेच दिए।'

'और वह सब है कितना?'

'अधिक नहीं है। महज आठ-नौ सौ रुपए मेरे पास हैं। एक मोदी के पास रख दिया है—वह महीने में बीस रुपया मुझे दे देता है।'

'पहले तो बीस रुपए में तुम्हारा काम चलता नहीं था?'

'नहीं, अब भी अच्छी तरह से नहीं चलता। घर का तीन महीने का किराया बाकी है, इसी से इच्छा होती है कि हाथ के इन दोनों कंगनों को बेचकर, सब कुछ चुकता करके कहीं और चली जाऊं।'

'कहां जाओगी?'

'यह अब भी तय नहीं है। किसी सस्ती जगह में जाऊंगी—किसी छोटे गांव में—जहां बीस रुपयों में काम चल जाए।'

'इतने दिनों तक क्यों नहीं गईं? अगर सचमुच उससे तुम्हें कोई मतलब नहीं था, तो इतने दिनों तक बेकार ही यहां पड़ी रहकर, तुमने इतना कर्ज क्यों बढ़ा लिया?'

सिर झुकाए, चंद्रमुखी थोड़ी देर तक सोचती रही। अपनी

जिंदगी में यह बात कहते हुए उसे आज पहले-पहल लाज मालूम हुई। देवदास ने कहा—'चुप क्यों रह गईं?'

चंद्रमुखी ने बिस्तरे के एक ओर, लजाते-लजाते बैठकर धीरे-धीरे कहा—'नाराज तो नहीं होगे? उम्मीद किए थी कि जाने से पहले, तुमसे मिल लेती तो अच्छा था। सोचा कि तुम हो, तो एक बार जरूर आओगे। आज तुम आ गए, अब कल ही जाने की तैयारी करूंगी। किंतु क्या तुम मुझे बतला सकोगे कि मैं कहां जाऊं?'

देवदास चकित होकर उठ बैठा, कहा—'मुझे देखने की उम्मीद में? मगर, क्यों?'

'ऐसी ही इच्छा थी। तुम मुझसे बहुत नफरत करते थे। इतनी नफरत कभी किसी ने नहीं की, शायद इसी से। पता नहीं, आज तुम्हें याद आएगा कि नहीं, किंतु मुझे याद है कि—जिस दिन पहले-पहल यहां तुम आए, उसी दिन से मेरी नजर तुम्हारे ऊपर पड़ गई। मैं जानती थी कि तुम किसी धनी के लड़के हो; किंतु धन की आशा में तुम्हारी ओर मैं आकृष्ट नहीं हुई। तुम्हारे पहले, यहां कितने ही आदमी आए और चले गए। किंतु किसी में भी इतना तेज नहीं देखा। और आते ही तुमने मुझे चोट पहुंचाई—एक अप्रत्याशित, उपयुक्त किंतु अनुचित और रूखा व्यवहार किया, घृणा से मुंह फेर लिया और अंत में तमाशे के टिकट की तरह, कुछ देकर चले गए। यह सब याद है!'

देवदास चुपचाप पड़ा रहा। चंद्रमुखी फिर कहने लगी—'उसी समय से तुम्हारे ऊपर मैंने नजर रक्खी। प्यार नहीं किया—घृणा भी नहीं की। कोई नई चीज देखने पर, जैसे हर वक्त उसी की याद बनी रहती है, वैसे ही तुम्हें भी मैं किसी तरह भी न भूल सकी—तुम जब आते, तो मैं बहुत डरती भी थी और सतर्क रहा करती थी; किंतु न आने पर मुझे कुछ भी अच्छा नहीं लगता था। इसके बाद न मालूम कैसा पागलपन छा गया कि इन्हीं दोनों आंखों से, बहुत-सी चीजें कुछ दूसरी ही तरह की दिखलाई देने लगीं। पहले

की 'मैं' (अहं) इतनी बदल गई कि अबकी 'मैं' वह नहीं रही। इसके बाद तुमने शराब पीना शुरू कर दिया। शराब से मुझे बड़ी नफरत है। कोई मतवाला हो जाता है, तो उस पर बहुत गुस्सा आता है मुझे। किंतु तुम जब मतवाले होते थे, तो गुस्सा नहीं आता था—बल्कि बहुत दुःख होता था।' यह कहते-कहते चंद्रमुखी की आंखें डबडबा गईं। उसने देवदास के पैरों को छूकर कहा—'मैं बहुत नीच हूं, मेरे अपराधों का ख्याल मत करना। तुम कितनी ही बातें कह डालते हो, मारे नफरत के दुत्कार देते हो, किंतु मैं तब भी तुम्हार पास आना चाहती हूं। और अंत में जब तुम सो जाते—खैर, छोड़ो उन बातों को, और सब नहीं कहूंगी वरना तुम नाराज हो जाओगे।'

देवदास ने कुछ नहीं कहा—नई तरह की बातचीत से उसे कुछ तकलीफ हुई। चंद्रमुखी चुपके से आंखें पोंछकर कहने लगी—'एक दिन तुमने कहा—हम सब कितना बर्दाश्त करती हैं। लांछना, अपमान, बुरा-से-बुरा अत्याचार और उपद्रव की बातें—उसी दिन से मुझे बहुत अभिमान हो गया, मैंने सब कुछ बंद कर दिया।'

देवदास उठ बैठा और पूछा—'किंतु काम कैसे चलेगा?'

चंद्रमुखी ने कहा—'वह तो पहले ही बतला दिया।'

'सोचो, अगर वह तुम्हारा रुपया मार ले, तो—?'

चंद्रमुखी डरी नहीं। शांत, सहज भाव से बोली—'यह आश्चर्य की बात नहीं है, परंतु वह भी सोच लिया है। विपत्ति पड़ने पर तुमसे कुछ भिक्षा मांग लूंगी।'

देवदास से सोचकर कहा—'मांग लेना। अब कहीं जाने की तैयारी करो।'

'कल ही करूंगी। कंगनों को बेचकर एक बार मोदी से मिलूंगी।'

देवदास ने पॉकेट से सौ-सौ के पांच नोट बाहर निकालकर, तकिए के नीचे रखकर कहा—'कंगन बेचे बिना ही मोदी से मिलो। किंतु जाओगी कहां? किसी तीर्थ-स्थान में?'

'नहीं देवदास! धर्म और तीर्थ में मुझे उतना विश्वास नहीं। कलकत्ते से अधिक दूर नहीं जाऊंगी। करीब ही किसी गांव में जाकर रहूंगी।'

'किसी भले-मानुष परिवार में क्या नौकरी का काम करोगी?'

चंद्रमुखी की आंखों में अबकी आंसू आ गए। पोंछकर कहा–'इच्छा नहीं है। स्वाधीनता से, स्वच्छ रहूंगी। तकलीफ करने क्यों जाऊं? शारीरिक कष्ट कभी बर्दाश्त नहीं किया, अब भी नहीं कर सकूंगी। और अधिक खींचातानी करने पर टूट जाऊंगी।'

देवदास उदास भाव से कुछ हंसा, कहा–'किंतु शहर के पास रहने पर भी, लालच में पड़ जाओगी–मनुष्य के मन का क्या विश्वास?'

अबकी चंद्रमुखी प्रफुल्लित हो उठी। हंसकर बोली–'यह बात ठीक है, मनुष्य के मन का कोई विश्वास नहीं। परंतु मैं अब लालच में नहीं पडूंगी। यह भी मानती हूं कि औरतों को ज्यादा लालच होता है; किंतु लालच की जो चीजें हैं, उन्हें जब अपनी इच्छा से ही छोड़ दिया तब मुझे और कोई भय नहीं। एकाएक अगर भावावेश में आकर छोड़े होती, तो सावधान होने की आवश्यकता थी–किंतु इतने दिनों के बीच एक दिन भी मुझे अफसोस नहीं हुआ। मैं बहुत मजे में जो हूं।'

तब भी देवदास ने सिर हिलाया, कहा–'स्त्रियों का मन बहुत चंचल होता है–बहुत अविश्वासी!'

अबकी चंद्रमुखी एकदम पास आकर बैठ गई। हाथ पकड़कर बोली–'देवदास।'

देवदास ने उसके मुंह की ओर देखा, वह फिर नहीं कह सका कि मुझे मत छुओ!

चंद्रमुखी की आंखों में प्यार उमड़ पड़ा। कुछ कांपते गले से, उसके दोनों हाथों को अपनी गोदी में खींचकर बोली–'आज आखिरी दिन है, आज फिर क्रोध मत करना। तुमसे एक बात पूछने की बड़ी इच्छा है।' कहकर वह थोड़ी देर तक देवदास के मुंह

की ओर स्थिर दृष्टि से देखते रहने के बाद बोली—'पार्वती ने क्या तुम्हें बड़ी चोट पहुंचाई है?'

देवदास ने भौंहे सिकोड़कर कहा—'ऐसी बात क्यों?'

चंद्रमुखी घबराई नहीं। शांत और दृढ़ स्वर से बोली—'मुझे काम है। तुमसे सच कहती हूं, तुम्हें कोई दुःख होता, तो मुझे भी होता है। इसके अलावा शायद, मैं बहुत-सी बातें जानती हूं। बीच-बीच में, नशे के झोंके में, तुमसे बहुत-सी बातें सुन चुकी हूं। किंतु अब भी मुझे विश्वास नहीं होता कि पार्वती ने तुम्हें धोखा दिया; बल्कि मन में आता है कि तुमने स्वयं अपने आपको धोखा दिया है। देवदास, उम्र में मैं तुमसे बड़ी हूं, इस दुनिया में बहुत कुछ देखा है। मेरे मन में क्या होता है, जानते हो? मन में होता है कि अवश्य तुमने ही भूल की है। मन में आता है स्त्री-जाति को चंचल और अस्थिर चित्तवाली कहकर जितना बदनाम किया गया है, वास्तव में इतनी बदनामी के लायक वे हैं नहीं। बदनाम भी तुम्हीं करते हो, और इज्जत भी तुम्हीं करते हो। तुम लोगों को जो कुछ कहना होता है—अनायास ही कह देते हो, किंतु वे तो ऐसा कर नहीं सकतीं। अपने मन की बातें प्रकट नहीं कर सकतीं, और प्रकट करने पर भी, सभी नहीं समझते; क्योंकि वे इतना स्पष्ट नहीं होतीं—तुम लोगों के मुंह के सामने दब जाती हैं। इसके बाद वही बदनामी, लोगों के जरिए और बढ़ जाती है।'

चंद्रमुखी कुछ रुककर, अपना गला साफ करके कहने लगी—'इस जिंदगी में मैंने प्यार का व्यापार बहुत दिनों तक किया, परंतु प्यार केवल एक बार ही किया। उस प्यार की कीमत बहुत है। बहुत कुछ सीखा। जानते हो न कि प्यार एक चीज है, और रूप का आकर्षण दूसरी? इन दोनों से बड़ी अव्यवस्था होती है, और पुरुष ही अधिक अव्यवस्था करते हैं। रूप का आकर्षण, तुम लोगों की अपेक्षा हम सबों में बहुत कम होता है; इसी से क्षण-भर में ही, तुम सबों की तरह, हम सब उन्मत्त नहीं हो जातीं। तुम आकर जब प्यार जताते हो—कितनी ही बातें कहते हो, कितने ही भाव प्रकट

करते हो, तब हम सब चुप रह जाती हैं। तुम्हें कष्ट पहुंचाने के लिए कितनी बार लज्जा का अनुभव करती हैं, दुःख होता है। संकोच होता है। मुंह देखकर जब घृणा होती है, तब भी लाज के कारण यह नहीं कह सकती, कि मैं तुम्हें प्यार नहीं कर सकती। इसके बाद एक प्रणय का अभिनय चलता है, और एक दिन जब वह समाप्त हो जाता है, तो पुरुष मारे गुस्सा के बेचैन होकर कहते हैं–'कैसी विश्वासघातिनी थी!' सभी उसी की बात सुनते हैं, हम सब चुप जो रहती हैं।'

मन में कितना कष्ट होता है; किंतु कौन उसे देखने जाता? देवदास ने कुछ नहीं कहा। वह भी कुछ देर तक उसके मुंह की ओर देखती रही। फिर बोली–'एक ममता-सी पैदा हो जाती है, और स्त्रियां समझती हैं कि शायद यही प्यार है। वे शांति और धैर्य से गृहस्थी का काम करती हैं, दुःख के समय जी-जान से सहायता करती हैं–लेकिन तुम कितनी प्रशंसा करते हो? मुंह से उन्हें कितना धन्यवाद देते हो? उन्हें तब भी प्यार का परिचय नहीं मिलता। इसके बाद यदि किसी अशुभ घड़ी में, उसकी छाती के अंदर की कोई असहनीय वेदना छटपटाकर बाहर निकल आती है, तो–' कहकर उसने देवदास के मुंह की ओर एक तीव्र दृष्टिपात किया–'तब तुम चिल्लाकर कह उठते हो–'कलंकिनी!–छिः छिः!' अकस्मात् चंद्रमुखी के मुंह को देवदास ने अपने हाथों से ढंककर कहा–'चंद्रमुखी यह क्या?' चंद्रमुखी ने धीरे-धीरे हाथ हटाकर कहा–'डरो मत, देवदास! मैं तुम्हारी पार्वती की बात नहीं कहती।'

कहकर वह मौन हो गई। देवदास भी कुछ देर तक चुप रहने के बाद उदास भाव से बोला–'किंतु कर्तव्य तो है। धर्म तो है।' चंद्रमुखी ने कहा–'वह तो है ही। और उसके होने से ही, देवदास, जो सचमुच प्यार करता है, वह सब बर्दाश्त कर पाता है। केवल आंतरिक प्यार से ही जितना सुख, जितनी तृप्ति मिलती है–उसकी जिसे भनक भी मिल जाए, वह इस संसार के बीच, बेमतलब दुःख और अशांति फैलाना नहीं चाहेगा। किंतु क्या कह गई, देवदास–मैं

निश्चित रूप से जानती हूं कि पार्वती ने तुम्हें जरा भी धोखा नहीं दिया है। तुमने स्वयं अपने-आपको धोखा दिया है। मैं जानती हूं कि यह बात समझने की शक्ति, आज तुममें नहीं है, किंतु कभी वह समय आए, तो समझने पर देखोगे कि मैं सच ही कह रही थी।'

देवदास की दोनों आंखों में आंसू भर आए। आज किसी तरह उसके मन में भी यह बात आने लगी, कि चंद्रमुखी की ही बात ठीक है। उसकी आंखों के उन आंसुओं को चंद्रमुखी ने भी देख लिया, किंतु पोंछने की चेष्टा उसने नहीं की। मन-ही-मन कहने लगी—'मैंने तुम्हें कितनी ही बार कितनी ही तरह से देखा है, मैं तुम्हें जानती हूं। अच्छी तरह से जानती हूं कि साधारण पुरुषों की तरह, देख-सुनकर मैं तुम्हें प्यार नहीं कर सकती। तब रही रूप की बात, तो रूप को कौन नहीं प्यार करता? किंतु इसी से तो इस बात पर किसी तरह भी विश्वास नहीं होता, कि तुम्हारा इतना तेज, रूप के चरणों में कभी अपने को खो देगा। पार्वती है तो खूब रूपवती—किंतु तब भी मेरे मन में आता है कि पहले उसी ने तुम्हें प्यार किया, पहले उसी ने यह बात जाहिर की।'

मन-ही-मन यह सब कहते-कहते, अचानक उसके मुंह से यह अस्फुट बात निकल पड़ी—'अपने को देखकर ही समझ गई हूं कि उसने तुम्हें कितना प्यार किया है!'

देवदास तुरन्त उठ बैठा और कहा—'क्या कहा?'

चंद्रमुखी ने कहा—'कुछ नहीं! कहा ये कि वह तुम्हारे रूप में नहीं भूली थी। तुम भी रूपवान तो हो, किंतु उससे भूल नहीं हुई। यह अत्यंत रूखा रूप, सबकी आंखों में नहीं चढ़ता। किंतु जिसकी आंखों में चढ़ता है, वह फिर आंख नहीं फेर पाता।' कहकर, एक लम्बी सांस छोड़कर बोली—'यह वही जानती है कि तुममें क्या आकर्षण है, और कब तुम्हें वह प्यार करने लगी। इस स्वर्ग से स्वेच्छा से लौट जाने वाली स्त्री क्या इस धरती पर कोई है?'

और थोड़ी देर तक उसके मुंह की ओर देखते रहने के बाद, मधुर स्वर में कहने लगी—'यह रूप आंखों में तो नहीं गड़ता। मगर

बिलकुल छाती के बीचों-बीच में इसकी छाया पड़ जाती है; इसके बाद दिन बीतने के साथ इसी चिंता की आग में यह राख बन जाती है।'

देवदास ने विह्वल होकर, चंद्रमुखी की ओर देखकर कहा—'आज यह सब तुम क्या कह रही हो?'

चंद्रमुखी ने मधुर हंसी-हंसकर कहा—'इससे बढ़कर दुःख की बात और क्या होगी, देवदास! कि जिसे किसी ने प्यार नहीं किया, वही जबर्दस्ती प्यार की बात सुनाए? किंतु मैंने केवल पार्वती के लिए वकालत की है; अपने लिए नहीं।'

देवदास ने उठते हुए कहा—'अब मैं जाता हूं!'

'कुछ और बैठो। कभी भी तुम्हें होश में नहीं देख पाई; कभी भी इस तरह तुम्हारे दोनों हाथ पकड़कर बातचीत नहीं कर पाई—इसमें क्या कम तृप्ति है?'—कहकर अकस्मात् वह हंस पड़ी।

देवदास ने आश्चर्यचकित होकर कहा—'हंसी क्यों?'

'वह कुछ नहीं है, केवल एक पुरानी बात याद आ गई। वह आज से दस साल पहले की बात है—जब मैं प्यार के चक्कर में घर छोड़कर चली आई, तब मन में होता था कि कितना प्यार कर लूं; काश, प्राण भी दे पाती! इसके बाद एक दिन मामूली-से गहने को लेकर हम दोनों में ऐसा झगड़ा हो गया कि वैसा कभी नहीं देखा। मन को सांत्वना दी कि वह मुझे बिलकुल प्यार नहीं करता था—नहीं तो एक जरा-सा गहना नहीं देता।'

चंद्रमुखी एक बार आपसे-आप हंस पड़ी। फिर शांत और गंभीर मन से वह मीठे स्वर में बोली—'भाड़ में जाए वह गहना! तब क्या मैं जानती थी कि बालों के एक मामूली पिन के लिए चुपचाप प्राण तक दे देना पड़ता है! तब मैं सीता और दमयंती की व्यथा नहीं जानती थी और तब मैं 'जगाई-मधाई की कहानी' में भी विश्वास नहीं करती थी। अच्छा देवदास, इस दुनिया में सबकुछ सम्भव है, क्यों?'

देवदास कुछ नहीं बोल सका; हत्बुद्धि-सा, चुपचाप कुछ

देखते रहने के बाद कहा—'मैं जाता हूं—'

'डर क्या है? कुछ और बैठो! मैं, अब तुम्हें भुलावा देकर नहीं रखना चाहती—मेरे वे दिन बीत गए। अब तुम मुझे जितना नफरत करते हो, मैं भी अपने से उतनी ही नफरत करती हूं—किंतु देवदास, शादी क्यों नहीं कर लेते?'

अब देवदास ने सांस ली; कुछ हंसकर कहा—'ठीक है, किंतु इच्छा नहीं होती।'

'न होने पर भी करो। बाल-बच्चों का मुंह देखकर भी बहुत शांति पाओगे। इसके अलावा, मेरा भी एक उपाय हो जाएगा। तुम्हारी गृहस्थी में दासी की तरह रहकर मैं भी स्वच्छंदता से दिन बिता सकूंगी।'

देवदास ने हंसकर कहा—'अच्छा, तब तुम्हें बुला लूंगा।'

चंद्रमुखी जैसे उसकी हंसी देख नहीं पाई, बोली—'देवदास, एक बात और जानने की इच्छा होती है।'

'क्या?'

'तुमने इतनी देर तक मुझसे बातचीत क्यों की?'

'कोई गलती हो गई क्या?'

'वह नहीं जानती। किंतु नई बात है। शराब पीकर धुत हो के पहले तो तुम कभी मेरा मुंह भी नहीं देखते थे।'

देवदास ने उस बात का जवाब दिए बिना ही, आज उदास भाव से कहा—'आजकल शराब नहीं छूता—मेरे पिता की मृत्यु जो हो गई।'

चंद्रमुखी ने बड़ी देर तक दयनीय दृष्टि से देखती रहने के बाद कहा—'इसके बाद फिर पिओगे क्या?'

'कह नहीं सकता।'

चंद्रमुखी उसके दोनों हाथों को कुछ खींचकर, भर्राई आवाज में बोली—'यदि हो सके, तो छोड़ दो—असमय में, ऐसा सोने-सा शरीर नष्ट मत करो।'

देवदास सहसा उठ खड़ा हुआ और बोला—'मैं चला! जहां

भी जाओ, समाचार देना—और यदि कभी कोई जरूरत पड़े, तो मुझसे संकोच मत करना।'

चंद्रमुखी ने प्रणाम करके, पदधूलि लेकर कहा—'आशीर्वाद दो कि सुख से रहूं। और एक बात और—ईश्वर न करे, परंतु कभी दासी की जरूरत पड़े तो मुझे जरूर याद करना।'

'अच्छा', कहकर देवदास चला गया। चंद्रमुखी ने हाथ जोड़कर, रोते-रोते कहा—'भगवान, ऐसा करना कि एक बार और दर्शन मिले।'

## (14)

दो साल हुए, महेन्द्र की शादी करके पार्वती बहुत कुछ निश्चिंत हो गई। बहू जलदबाला, बुद्धिमती और काम करने में योग्य थी। पार्वती की इस बदलती हुई दुनिया का बहुत कुछ काम वही करती है। पार्वती का मन अब दूसरी ओर लग गया था। उसकी शादी हुए आज पांच साल हो गए, किंतु कोई संतान नहीं हुई। अपने बाल-बच्चे नहीं होने की वजह से, दूसरे के बाल-बच्चों की ओर उसका बड़ा खिंचाव रहता था। गरीब-दुखियों की बात तो अलग रही, जिसे कुछ सहारा था, उसके बाल-बच्चों का भी बहुत कुछ खर्च वही चलाती थी। इसके अलावा ठाकुरबाड़ी का काम करने में, साधु-संन्यासियों की सेवा करने में, और अपाहिजों की परिचर्या करने में ही उसका दिन कट जाता था। पति से कहकर, पार्वती ने एक और अतिथिशाला बनवा ली थी। वहां बेसहारा और निःसहाय लोग, जैसे चाहते--रह सकते थे। उन्हें खाने-पहनने को जमींदार के घर से मिलता है। बहुत छिपाकर पार्वती एक काम और करती थी, जिसे वह अपने पति को न जानने देती थी—गरीब, भद्र परिवारों को, छुपे तौर पर वह आर्थिक सहायता भी करती थी। वह उसका अपना जेब खर्च था। पति से हर महीने वह जो कुछ पाती थी, वह सब इसी में खर्च कर देती थी। किंतु जो कुछ भी खर्च होता था,

वह सदर कचहरी के नायब-गुमाश्ता अच्छी तरह से जानते थे। इस बात को लेकर, आपस में वे बकझक किया करते थे। दास-दासियां लुक-छिपकर सुन आतीं कि गृहस्थी का खर्च आजकल दूना बढ़ गया है, कुछ भी जमा नहीं हो रहा है। गृहस्थी का खर्च फिजूल बढ़ते देखकर, दास-दासियों को जैसे मर्मान्तक पीड़ा होती। जलद उनसे यह सब बातें सुनती रहती थी। एक दिन रात को उसने अपने पति से कहा—'क्या तुम इस घर के कोई नहीं हो?

महेन्द्र ने कहा—'क्यों?'

स्त्री ने कहा—'नौकर-चाकर देखते हैं, और तुम नहीं देख पाते? मालिक की नई बीवी तो जैसे उनकी जान ही है—वे तो कुछ कहेंगे नहीं। परंतु तुम्हारा कहना तो उचित है।'

महेन्द्र ने बात नहीं समझी, किंतु वह बहुत उत्सुक हुआ, पूछा—'किसकी बात कर रही हो?'

जलदबाला गंभीर होकर पति को सलाह देने लगी—'नई मां के बाल बच्चे नहीं हैं; गृहस्थी की ओर कैसे उनका झुकाव होगा? सब-कुछ तो उन्होंने उड़ा दिया, देखा नहीं?'

महेन्द्र ने भौंहें सिकोड़कर कहा—'क्या बात है?'

जलद ने कहा—'आंखें होतीं तो तुम खुद देख पाते! आजकल गृहस्थी का खर्च दूना हो गया है—सदाव्रत, दान-खैरात, अतिथि-फकीर, दुनिया-भर का तो खर्च है। अच्छा, मान लो कि वह तो अपने परलोक के लिए यह सब काम करती हैं, किंतु तुम्हारे भी तो बाल-बच्चे होंगे? तब वे खाएंगे क्या? अपनी चीज बर्बाद करके, अंत में क्या भीख मांगोगे?'

महेन्द्र ने बिस्तर पर उठकर बैठते हुए कहा—'तुम किसकी बात कह रही हो, मां की?'

जलद ने कहा—'मेरे भाग्य ही ऐसे हैं कि यह सब मुंह से निकल गया।'

महेन्द्र ने कहा—'इसी से तुम मां के खिलाफ नालिश करने आई हो?'

जलद नाराज होकर बोली—'मुझे नालिश-मुकद्दमे का काम नहीं है, केवल भीतरी बातें बतला दीं, नहीं तो अंत में मुझे ही दोष देते।'

महेन्द्र ने बड़ी देर तक चुपचाप बैठे रहने के बाद कहा—'तुम्हारे बाप के घर रोज खाना नहीं बनता; तुम जमींदार के घर के खर्च का हाल क्या जानो?'

अबकी जलद भी नाराज हो उठी, बोली—'तुम्हारे मां-बाप के घर ही कितनी अतिथिशालाएं हैं, जरा सुनूं?'

महेन्द्र और तर्क-वितर्क किए बिना, चुपचाप पड़ा रहा। सवेरे ही उठकर पार्वती के पास आकर कहा—'क्या शादी कर दी मां! इसे लेकर क्या घर में रहा जा सकता है? मैं चला कलकत्ता।'

पार्वती ने अवाक् होकर पूछा—'क्यों बेटा?'

'तुम्हारे खिलाफ उसने कड़ी बातें कहीं....मैंने उसे त्याग दिया।'

पार्वती पहले से ही बड़ी बहू का आचरण देखती आ रही थी। लेकिन उसने उस बात को दबाकर और हंसकर कहा—'छिः बेटा, वह तो मेरी बड़ी अच्छी लड़की है!' उसके बाद उसने जलद को अकेले में बुलाकर कहा—'बहू, शायद झगड़ा हो गया है?'

सुबह से पति को कलकत्ता जाने की तैयारी में देखकर, जलद मन-ही-मन डर रही थी; सास की बात सुनकर रोते-रोते कह उठी—'मेरा ही दोष है, मां! किंतु ये दासियां ही, खर्च-खर्च की बात लेकर बकझक किया करती हैं।'

पार्वती ने तब सब कुछ सुन लिया। खुद ही शर्मिन्दा बहू की आंखें पोंछकर कहा—'बहू, तुमने ठीक ही कहा। किंतु मैं उस तरह की गृहिणी नहीं हूं, बेटी! इसी से खर्च की अधिकता की याद मुझे नहीं रही।'

इसके बाद महेन्द्र को बुलाकर कहा—'बेटा, बिना किसी दोष के ही गुस्सा नहीं करते....तुम पति हो। तुम्हारी मंगल-कामना के आगे स्त्रियों को और सबकुछ तुच्छ समझना उचित है। बहू तुम्हारी

लक्ष्मी है।' किंतु उसी दिन से पार्वती ने अपना खर्च कम कर दिया। अतिथिशाला के ठाकुरबाड़ी में अब उस तरह की सेवा नहीं होती, बहुत से अनाथ, अंधे और फकीर लौट भी जाने लगे। मालिक ने सुना, तो पार्वती को बुलाकर कहा–'क्यों बहू, लक्ष्मी का भण्डार खाली हो चला क्या?'

पार्वती ने हंसकर जवाब दिया–'केवल देने से ही काम कैसे चलेगा? कुछ दिनों तक जमा भी तो करना चाहिए–देखते नहीं, कि खर्च कितना बढ़ गया है?'

'बढ़ने दो! मुझे और कितने दिन रहना? कुछ दिनों तक सुकर्म करके, परलोक की फिकर करना ही ठीक है।'

पार्वती ने हंसकर कहा–'अजी, ये तो आप स्वार्थी की तरह बातें कर रहे हैं। अपना ही ख्याल कीजिएगा? और बाल-बच्चे क्या बर्बाद होंगे? कुछ दिनों तक और चुपचाप रहो, उसके बाद फिर सब होने लगेगा। मनुष्य का काम तो खत्म हुआ नहीं जा रहा है।'

चौधरी महाशय चुप रह गए।

अब पार्वती का काम कुछ कम हो गया है, इसलिए चिंता बढ़ गई है। किंतु सभी चिंताओं की एक किस्म होती है। जिसे आशा रहती है, वे एक तरह सोचते हैं; और जिसे आशा नहीं रहती, वह दूसरी तरह सोचते हैं। पूर्वोक्त चिंता में संजीवता है, सुख है, तृप्ति है, दुःख है और उत्कण्ठा है; इसी से मनुष्य थक जाता है–अधिक देर तक सोच नहीं पाता। लेकिन जिसे आशा नहीं रहती, उसे सुख नहीं है, दुःख नहीं है, उत्कण्ठ नहीं है–है तो केवल संतुष्टि! आंखों से आंसू गिरते हैं और गंभीरता भी रहती है....किंतु रोज-रोज नई अंतर्पीड़ा नहीं होती। वह हल्के बादल की तरह, जहां-जहां उड़ता चलता है; जहां हवा नहीं लगती, वहां जाकर रुक जाता है; और जहां हवा लगती है, वहां से हट जाता है। तन्मय मन को, उद्वेगहीन चिंता में कुछ सार्थकता मिलती है। पार्वती की हालत आज ठीक वही है। पूजा-पाठ के लिए बैठने पर उसका अस्थिर, उद्देश्यहीन और हताश मन, इस क्षण तालसोनापुर की बांसबाड़ी,

आम के बाग, पाठशाला और बांध की ओर भटकने लगता है। और कभी वह ऐसी जगह में आ छिपता है, कि पार्वती अपने-आप को भी खोजकर निकाल नहीं पाती। पहले ऐसा होता था, तो होंठों के कोने में हंसी फूट जाती थी; और अब ऐसा होता है, तो आंखों से आंसू बहकर, पंचपात्र के पानी से मिल जाता है। तब भी दिन तो कटता ही है। काम करके, मीठी-मीठी बातें कहकर, परोपकार करके, और सेवा-शुश्रूषा करके भी दिन कटते हैं; और सब कुछ भूलकर, ध्यानमग्न योगिनी की तरह भी कटते हैं। कोई कहता—लक्ष्मी-स्वरूपा अन्नपूर्णा है। कोई कहता—अन्यमनस्क उदासिनी है। किंतु कल सवेरे ही, उसमें एक दूसरे ही तरह का परिवर्तन दिखलाई दिया। जैसे कुछ तीव्र हो, कुछ कठोर। उस परिपूर्ण और लबालब गंगा के ज्वार में, एकाएक जैसे कभीं भाटा आ गया हो। घर का कोई आदमी इसकी वजह नहीं जानता, केवल हम जानते हैं। कल मनोरमा ने गांव से एक पत्र लिखा है। जो कुछ लिखा है, वह इस तरह है—

*'पार्वती,*

*'बहुत दिनों से, हम दोनों में से किसी ने एक-दूसरे को पत्र नहीं लिखा, इसलिए दोष हम दोनों का है। मेरी इच्छा है कि एक समझौता कर लिया जाए। दोनों ही अपनी-अपनी गलती कबूल करके, अपने अभिमान कम कर दें। किंतु मैं बड़ी हूं, इसलिए मैं ही तुमसे मान की भिक्षा मांगती हूं। उम्मीद करती हूं कि जल्दी जवाब दोगी। आज करीब एक महीना हुआ, जब मैं यहां आई। हम गृहस्थ-घर की औरतें, शारीरिक अच्छाई-बुराई में उतना भेद नहीं समझ पातीं। मरने पर कहती हैं कि गंगालाभ हुआ; और बचने पर कहती हैं कि अच्छी तरह से हैं। इसी तरह मैं भी अच्छी तरह हूं—किंतु यह तो केवल अपनी बात है। ये सब बेकार बातें हैं। मतलब की बात भी हो, ऐसा जरूरी नहीं; तब भी एक समाचार करने की बड़ी इच्छा हो रही है। कल ही से सोच रही हूं कि लिखूं या नहीं लिखने पर तुम्हें तकलीफ होगी, और लिखे बिना मुझसे*

*रहा भी नहीं जाता—मारीच जैसी हालत हो गई है। देवदास की बात सुनकर तुम्हें दुःख तो होगा ही; किंतु मैं भी तुम्हारी बात याद करके, रोए बिना नहीं रह पाती। भगवान ने रक्षा की, नहीं तो तुम्हारी ऐसी अभिमानी, उसका हाथ पकड़ने पर अब तक पानी में डूब गई होती या विष खा गई होती। अगर उसकी बात आज न सुनी, तो दो दिनों के बाद तो सुनोगी ही। क्योंकि जिस बात को सारी दुनिया जानती है, उसे छिपाने से क्या फायदा।*

'आज करीब छः-सात दिन हुए, वह यहां आया। तुम तो जानती ही हो कि जमींदार की गृहिणी काशीवास कर रही हैं, और देवदास कलकत्तावास। वह घर आया है केवल भाई के साथ झगड़ा करने, और रुपया लेने। सुनती हूं कि बीच-बीच में वह इसी तरह आया करता है; जब तक रुपए नहीं मिलते, तब तक रहता है—और रुपए पाते ही चला जाता है।

'उसके पिता को मरे, आज ढाई वर्ष हो गए। सुनकर आश्चर्य होगा कि इतने ही समय में, उसने अपना आधा हिस्सा फूंक दिया। द्विजदास हिसाबी आदमी है, इसी से किसी तरह पैतृक सम्पत्ति उसने बचाकर रखी है; नहीं अब तक लोगों ने मिलकर लूट लिया होता। शराब और वेश्याओं में सब कुछ नष्ट हो रहा है—कौन उसकी रक्षा करेगा? एक यमराज ही रक्षा कर सकते हैं। और शायद उसमें भी अब अधिक देर नहीं है। बहुत अच्छा हुआ कि उसने शादी नहीं की।

'ओह, दुःख भी होता है। वह सोने की-सी देह नहीं रही, वह रूप नहीं रहा, वह श्री नहीं रही—जैसे वह कोई और हो। सूखे बाल हवा में उड़ते हैं, आंखें धंस गई हैं, और नाक बाहर निकल आई है। क्या बताऊं तुम्हें, कि वह कितना कुरूप हो गया है। देखने से नफरत होती है, डर लगता है। दिन-भर नदी के किनारे-किनारे, और बांध पर चिड़िया मारा करता है; और धूप में जब सिर चकराने लगता है, तो उसी बेर के पेड़-तले, सिर झुकाए बैठा रहता है। शाम

होने के बाद घर जाकर शराब पीता है—रात को सोता है या घूमता रहता है, भगवान ही जानें।

'उस दिन नदी के किनारे पानी लेने गई थी, तो देखा कि देवदास का मुंह सूख गया है, और हाथ में बंदूक लिए वह चला जा रहा है। मुझे पहचानकर, नजदीक आकर खड़ा हो गया—मैं तो मारे डर के थर्रा गई। घाट पर एक भी आदमी नहीं था—मैं उस दिन होश में नहीं रही थी। भगवान ने ही रक्षा की, कि उसने कोई पागलपन या बदतमीजी नहीं की। निस्सहाय भलामानुष की तरह, शांत भाव से कहा—'मनो, अच्छी तो हो, दीदी?'

'मैं और क्या कहती, डरते-डरते सिर हिलाकर बोली—'हां!'

'तब उसने एक लम्बी सांस छोड़कर कहा—'सुखी रहो, बहन! तुम्हें देखकर बड़ी खुशी होती है।' इसके बाद धीरे-धीरे चला गया। मैं उठी और जी-जान से भागी। अरी मैया, भाग्य अच्छे थे कि उसने हाथ वगैरह कुछ नहीं पकड़ा। छोड़ो उसकी बातें—उसकी बदमाशी की बातें चिट्ठी में नहीं आ पाएंगी।

'बहुत कष्ट दिया, क्यों बहन? आज भी अगर उसे नहीं भूली होगी, तो कष्ट होगा ही। किंतु उपाय क्या है? और इस मामले में, गलती से यदि मैंने कोई अपराध कर दिया हो, तो अपने गुणों से अपनी स्नेहाकांक्षिणी मनो दीदी को क्षमा करना।'

चिट्ठी कल आई थी। आज उसने महेन्द्र को बुलाकर कहा—'दो पालकी और बत्तीस कहार चाहिए, मैं अभी तालसोनापुर जाऊंगी।'

महेन्द्र ने चकित होकर पूछा—'पालकी और कहार तो ला देता हूं, किंतु दो की क्या जरूरत है, मां?'

पार्वती ने कहा—'तुम साथ चलोगे, बेटा! रास्ते में यदि मैं मर जाऊं, तो मुंह में आग देने के लिए बड़े वेटे की जरूरत पड़ती है।'

महेन्द्र के फिर कुछ नहीं कहा। पालकी आने पर दोनों जने रवाना हुए।

चौधरी महाशय ने जब सुना, तो घबड़ाकर नौकर-नौकरानियों से पूछा, किंतु कोई भी वजह नहीं बता सका। तब उन्होंने अपनी बुद्धिमानी से, पांच दरबान और नौकर-नौकरानियों को पीछे भेज दिया।

एक सिपाही ने पूछा—'रास्ते में मिलने पर पालकी लौटा लाना होगा क्या?'

उन्होंने सोचकर, चिंतित होकर कहा—'नहीं, उसका काम नहीं है। तुम साथ जाना—ताकि कोई तकलीफ न होने पाए।'

उसी दिन शाम को दोनों पालकियां तालसोनापुर जा पहुंचीं; किंतु देवदास गांव में नहीं था। उसी दिन दोपहर को वह कलकत्ता चला गया था।

पार्वती ने माथा ठोंककर कहा—'हाय रे दुर्भाग्य!' वह मनोरमा से मिली।

मनो ने कहा—'पारू, क्या देवदास को देखने आई हो?'

पार्वती ने कहा—'नहीं, अपने साथ ही ले जाने के लिए आई थी। अब उसका अपना आदमी तो कोई है नहीं।'

मनोरमा चकित हो गई। कहा—'कहती क्या हो? लाज नहीं लगेगी?'

'लाज अब किससे है? अपनी चीज अपने ही लिए ले जाऊंगी—इसमें लाज क्या?'

'छिः-छिः—कैसी बातें कहती हो! मामूली बात नहीं है—ऐसी बात मुंह पर भी मत लाओ।'

पार्वती ने उदास भाव से हंसकर कहा—'मनो दीदी, होश संभालने से लेकर जो बात छाती के अंदर रहती चली आती है, वह दो-एक बार मुंह से बाहर निकल ही पड़ती है। तुम बहन हो, इसी से यह बात कही।'

दूसरे दिन सवेरे, पार्वती माता-पिता के चरणों में प्रणाम कर फिर पालकी में जा बैठी।

# (15)

आज दो साल से, अशथझूरी गांव में चंद्रमुखी ने घर बना लिया है। छोटी नदी के किनारे, एक ऊंची जगह पर उसकी दो कोठरियां हैं। पास ही एक झोंपड़ी है, जिसमें काले रंग की एक हृष्ट-पुष्ट गाय बंधी है। दोनों कमरों में से एक रसोईघर और भण्डार है, और दूसरी में वह सोती है। सहन साफ-सुथरा है, रमा बागदी की लड़की रोज साफ-सफाई कर जाती है। चारों ओर रेंड का घेर है, बीच में बेर का एक पेड़ है और एक तरफ तुलसी की झाड़ियां हैं। सामने ही नदी का घाट है—मजदूर लगाकर खजूर के पेड़ कटवाकर एक सीढ़ी-सी बनवा ली है। उसके अलावा, इस घाट का प्रयोग और कोई नहीं करता। बरसात में दोनों किनारे उफन पड़ते हैं, और चंद्रमुखी के घर के नीचे तक पानी आ जाता है। गांव के लोग घबराकर, कुदाल लेकर चले आते हैं। नीचे मिट्टी डालकर, जमीन ऊंची करके चले जाते हैं। इस गांव में कोई बड़ा आदमी नहीं रहता। हलवाहे, ग्वाले, बागदी, दो घर तेली, और गांव से थोड़ी दूर पर दो घरों में चमार रहते हैं। चंद्रमुखी ने इस गांव में आकर देवदास को समाचार भेजा; जवाब में उसने कुछ और रुपए भेज दिए। ये रुपए, चंद्रमुखी गांव के लोगों को उधार देती है। दुःख के समय सभी दौड़े हुए उसके पास आते हैं—और रुपया लेकर घर जाते हैं। चंद्रमुखी सूद नहीं लेती—उसके बदले में फल-फूल और साग-भाजी वे लोग अपनी तबीयत से दे जाते हैं। असल रकम के लिए भी किसी को तंग नहीं करती। जो नहीं दे पाता, वह नहीं देता। चंद्रमुखी हंसकर कहती—'फिर मैं तुम्हें नहीं दूंगी।'

वे नम्रता से कहते—'मां, ऐसा आशीर्वाद दीजिए कि अब की फसल अच्छी हो।' चंद्रमुखी आशीर्वाद देती। और फिर भी अगर फसल अच्छी नहीं होती, तो रुपए के लिए तकाजा करने पर वे फिर हाथ जोड़कर खड़े हो जाते, और चंद्रमुखी फिर रुपए देती। मन-ही-मन हंसकर कहती—'ये बने रहें, मुझे रुपए की क्या चिंता है!'

किंतु वे कहां हैं! लगभग छः महीने हो गए, उसे कोई खबर नहीं मिली। चिट्ठी लिखने पर जवाब नहीं आता और रजिस्ट्री करने पर लौट आती है। अपने घर के पास ही, चंद्रमुखी ने एक ग्वाले के परिवार को बसाया था। उसके लड़के की शादी में उसने साढ़े दस गण्डा रुपए दिए थे और लहंगा खरीद दिया था। वे सपरिवार चंद्रमुखी के आश्रित और अत्यंत आज्ञाकारी थे। एक दिन तड़के ही, चंद्रमुखी ने भैरव ग्वाले को बुलाकर कहा—'मालूम है तुम्हें भैरव? कि तालसोनापुर यहां से कितनी दूर है?'

भैरव ने सोचकर कहा—'दो मैदानों के पार ही कचहरी है।'

चंद्रमुखी ने पूछा—'वहां शायद जमींदार रहते हैं!'

भैरव ने कहा—'हां, वे इस तालुके के जमींदार हैं। यह गांव उन्हीं का है। आज तीन साल हुए उनका स्वर्गवास हो गया। उस वक्त उनकी प्रजा ने, महीने तक वहां रहकर खूब पूड़ी-तरकारी खाई थी। इस वक्त उनके दो लड़के हैं। बड़ा तो मस्त है—बिलकुल राजा!'

चंद्रमुखी ने कहा—'भैरव, मुझे वहां तक पहुंचा सकते हो?'

भैरव ने कहा—'क्यों नहीं, मां! जब चाहो, चलो।'

चंद्रमुखी उत्सुकता से बोली—'तो चलो न, भैरव! हम आज ही चलें।'

भैरव ने आश्चर्य से कहा—'आज ही?' उसके बाद चंद्रमुखी के मुंह की ओर देखकर कहा—'तब मां, जल्दी रसोई बना लो। मैं भी थोड़ी-सी लाई बांध लेता हूं।'

चंद्रमुखी ने कहा—'मैं अब रसोई नहीं बनाऊंगी। भैरव! तुम लाई बांध लो!'

भैरव घर जाकर, चादर में लाई और गुड़ बांधकर कंधे पर डाले और हाथ में एक लाठी लेकर, थोड़ी देर में वापस आकर बोला—'तो चलिए, किंतु आप कुछ खाएंगी नहीं, मां?'

चंद्रमुखी ने कहा—'नहीं भैरव, अभी तक मेरा पूजा-पाठ नहीं हो पाया है। अगर समय मिला तो वह सब वहीं करूंगी।'

भैरव आगे-आगे रास्ता दिखलाते हुए चला। पीछे-पीछे चंद्रमुखी अत्यंत कष्ट से पगडण्डी पर चलने लगी। आदत न रहने के कारण, उसके नाजुक पैर कट-कटकर लहूलुहान हो गए और धूप से उसका मुंह लाल हो उठा। नहाना-खाना कुछ भी नहीं हुआ था; फिर भी चंद्रमुखी खेतों के बाद खेत पार करती गई। खेतों में काम करते हुए किसान, आश्चर्य से उसके मुंह की ओर देखते ही रह जाते।

चंद्रमुखी लाल किनारे की एक धोती पहने थी, हाथ में दो कंगन थे, ललाट तक वह घूंघट डाले थी, और सारा शरीर बिस्तर की एक मोटी चादर से ढंका था। सूर्यास्त होने में अधिक देर नहीं थी—जब दोनों जने गांव में पहुंचे। चंद्रमुखी ने थोड़ा हंसकर कहा—'भैरव, तुम्हारे दो मैदान इतने वक्त में जाकर समाप्त हुए?'

इस मजाक को समझकर, भैरव ने सरलता से जवाब दिया—'मां अब तो हम आ गए। किंतु तुम्हारा यह सुखी शरीर क्या आज वापस लौट सकेगा?'

मन-ही-मन बोली—'आज क्या, कल भी शायद न जा सकूं!' फिर कहा—'भैरव, गाड़ी नहीं मिल सकती?'

भैरव ने कहा—'मिल क्यों नहीं सकती, मां! बैलगाड़ी ठीक करूं?' उसे गाड़ी ठीक करने का आदेश देकर चंद्रमुखी जमींदार के घर चली गई।

गाड़ी का इंतजाम करने के लिए भैरव दूसरी ओर गया। अंदर बरामदे में बड़ी बहू (वर्तमान जमींदार की गृहिणी) बैठी थी। एक दासी, चंद्रमुखी को लेकर वहीं हाजिर हुई। दोनों ने एक-दूसरे को गौर से देखा।

चंद्रमुखी ने नमस्कार किया। बड़ी बहू के बदन पर गहने नहीं थे, उनकी आंखों से अहंकार फूट रहा था। होंठ और दांत, पान और मिस्सी के कारण करीब-करीब काले पड़े गए थे। एक ओर का गाल उठा हुआ था, शायद उसमें पान भरा था। बालों को इस तरह खींचकर बांधा गया था कि जूड़ा माथे तक उठ गया था। दोनों कानों में बड़ी-छोटी बीस-तीस बालियां पड़ी थीं। नाक में एक

ओर लौंग थी और दूसरी ओर एक बड़ा-सा छेद—शायद सास के समय में, उसमें नथ पहनी जाती थी।

चंद्रमुखी ने देखा कि बड़ी बहू खासी मोटी-ताजी है, रंग भी बहुत सांवला है, बड़ी-बड़ी आंखें हैं, गोल मुंह है—काले किनारे की धोती पहनी है, और एक कीमती ब्लाउज पहना है—उसी को देखकर चंद्रमुखी को नफरत हुई। और बड़ी बहू ने देखा कि चंद्रमुखी की उम्र अधिक होने के बावजूद, उसके शरीर की शोभा का कोई ठिकाना नहीं। करीब-करीब दोनों ही एक उम्र की थीं, परंतु मन-ही-मन बड़ी बहू ने इसे स्वीकार नहीं किया। इस गांव में, पार्वती के अलावा इतना सौन्दर्य उन्होंने और कहीं नहीं देखा। आश्चर्यचकित होकर पूछा—'तुम कौन हो?'

चंद्रमुखी ने कहा—'मैं आप ही की एक प्रजा हूं। कुछ रुपया बाकी था, वही देने आई हूं।'

बड़ी बहू मन-ही-मन खुश हुई और बोली—'तो यहां कैसे आई? कचहरी जाओ।'

चंद्रमुखी ने मधुर हंसी के साथ कहा—'मां, हम गरीब आदमी हैं, सब रुपया तो दे नहीं पाएंगे! सुनती हूं, आप बड़ी दयावान हैं—इसलिए आप ही के पास आई। दया करके, कुछ माफ कर दें।'

इस तरह की बात, बड़ी बहू ने अपनी जिंदगी में पहले-पहल सुनी। उसमें दया है, लगान माफ कर सकती है—इन सब बातों से, चंद्रमुखी उनकी प्रेम-पात्री बन गई। बड़ी बहू ने कहा—'हां, बेटी! रोज कितने ही लोग आकर जिद्द करते हैं, और इसी तरह मुझे कितना ही रुपया माफ कर देना पड़ता है। मैं 'ना' नहीं कर पाती, इस कारण मालिक मुझ पर कितना गुस्सा करते हैं। तो तुम्हारे यहां कितना रुपया बाकी पड़ा था?'

'अधिक नहीं, मां! कुल दो रुपए हैं, पर हमारे लिए वही पहाड़ हैं। आज दिन-भर राह चलती रही।'

बड़ी बहू ने कहा—'अहा, तुम गरीबों पर दया करनी ही चाहिए। ऐ बिंदू, इसे बाहर लेती जाओ। और दीवान जी से, मेरा

नाम लेकर कह देना–इनका दो रुपया माफ किया जाए। तो बेटी, तुम्हारा घर कहां है?'

चंद्रमुखी के कहा–'आप ही के राज्य में। इसी अशथझूरी गांव में। अच्छा मां, दोनों मालिकों के हिस्से एक ही में हैं न?'

बड़ी बहू ने कहा–'दुर्भाग्य! छोटे बाबू का हिस्सा क्या बाकी है? दो दिनों के बाद, सब कुछ तो मेरा ही हो जाएगा।'

चंद्रमुखी ने घबराकर पूछा–'क्यों, मां? शायद छोटे बाबू पर बहुत कर्ज है?'

बड़ी बहू ने हंसकर कहा–'हमारे यहां सब बंधक है। देवर जी एक-दम बह गए। कलकत्ते में, शराब और वेश्या के चक्कर में पड़े रहते हैं। कितना रुपया उड़ा दिया, इसका कुछ ओर-छोर है?'

चंद्रमुखी का मुंह सूख गया, कुछ रुककर उसने पूछा–'हां, मां! तो छोटे बाबू क्या घर भी नहीं आते?'

बड़ी बहू ने कहा–'आएंगे क्यों नहीं! जब रुपए की जरूरत पड़ती है, तो आते हैं। उधार लेते हैं, बंधक रखते हैं–चले जाते हैं। दो महीने हुए, आकर हजार रुपए ले गए। बचने का उपाय नहीं है, सारे बदन में कुत्सित रोग लगा है–तोबा–तोबा–'

चंद्रमुखी सिहर उठी–उदास मुंह से उसने पूछा–'वे कलकत्ते में कहां रहते हैं?'

बड़ी बहू ने माथा ठोककर हंसते हुए कहा–'बुरी हालत है। यह क्या कोई जानता है? कहीं किसी होटल में खाते हैं–जिस किसी के भी घर पड़े रहते हैं–केवल वे ही और यमराज जानते हैं।'

सहसा चंद्रमुखी उठ खड़ी हुई और बोली–'मैं जाती हूं–'

बड़ी बहू ने थोड़ा आश्चर्य करके कहा–'जाओगी? ओ बिंदू–'

चंद्रमुखी ने रोककर कहा–'रहने दो, मां मैं खुद ही कचहरी चली जाऊंगी'–कहकर वह धीरे-धीरे चली गई। घर से बाहर निकलकर देखा कि भैरव इंतजार कर रहा है–बैलगाड़ी तैयार है। उसी रात को चंद्रमुखी लौट आई। तड़के ही भैरव को बुलाकर

कहा—'भैरव, आज मैं कलकत्ता जाऊंगी। तुम जा नहीं सकोगे, इसीलिए तुम्हारे लड़के को साथ ले लूंगी। क्या कहते हो?'

'आपकी मर्जी। किंतु कलकत्ता क्यों, मां? क्या खास काम है?'

'हां भैरव, खास ही काम है।'

'फिर कब आइएगा, मां?'

'यह नहीं कह सकती, भैरव! हो सकता है कि जल्दी लौट आऊं, और हो सकता है कि देर भी हो। और अगर न आऊं, तो यह सब घर-बार तुम्हारा रहा।'

पहले भैरव अवाक् हो गया। इसके बाद उसकी दोनों आंखें डबडबा आईं। कहा—'यह क्या, मां? तुम्हारे न आने से, इस गांव का कोई आदमी जिंदा नहीं रहेगा।'

चंद्रमुखी की आंखें भी डबडबा गईं, वह मधुर मुस्कान के साथ बोली—'यह क्या, भैरव! मैं तो दो ही साल से यहां रह रही हूं। इसके पहले क्या तुम जिंदा नहीं रहे?'

इसका जवाब मूर्ख भैरव नहीं दे सका; किंतु चंद्रमुखी भीतर की सभी बातें समझ गई। भैरव का लड़का ही महज साथ जाएगा। आवश्यक चीजें गाड़ी पर लादते समय गांव के सभी औरत-मर्द आए, और रोने लगे। चंद्रमुखी के आंसू भी रोके नहीं रुकते थे। 'भाड़ में जाए कलकत्ता! अगर देवदास के लिए यह सब नहीं होता तो कलकत्ते की रानी बनने कर भी, चंद्रमुखी इतने प्यार को ठुकराकर जा नहीं सकती।

दूसरे दिन वह क्षेत्रमणि के घर पहुंची। उसके पहले वाले कमरे में अब दूसरे लोग आ गए थे। क्षेत्रमणि चकित हो गई—'अरे दीदी! इतने दिनों तक कहां रही?'

चंद्रमुखी ने असलियत को छिपाकर कहा—'इलाहाबाद में थी।'

क्षेत्रमणि ने अच्छी तरह से, ऊपर से नीचे तक उसका निरीक्षण करके कहा—'तुम्हारे गहने वगैरह क्या हुए, दीदी?'

चंद्रमुखी ने हंसकर संक्षिप्त उत्तर दिया—'सब हैं।'

उसी दिन मोदी से भेंट करके उसने पूछा—'दयाल, कितना रुपया मुझे मिलेगा?'

दयाल विपत्ति में पड़ गया—'वह तो बेटी, कोई साठ-सत्तर रुपए होंगे। आज नहीं, तो दो दिन बाद दे दूंगा।'

'तुम्हें कुछ भी नहीं करना होगा, सिर्फ मेरा कुछ काम कर दो।'

'कौन काम?'

'बस दो दिन खटना पड़ेगा। हम लोगों के मुहल्ले में एक मकान किराए पर लेना होगा—समझें!'

दयाल ने हंसकर कहा—'समझ गया, बेटी!'

'अच्छा-सा मकान, बढिया-सा बिछौना, तकिया, चादर, चिराग, तस्वीर, दो कुर्सियां, एक टेबुल—समझे!'

दयाल ने सिर हिलाया।

'आईने, कंघियां, दो जोड़ा रंगीन कपड़े शरीर के लायक ब्लाउज—और गिलट के अच्छे गहने कहां पाए जाते हैं, जानते हो?'

दयाल मोदी ने पता बतला दिया।

चंद्रमुखी ने कहा—'तब वह भी एक सेट, अच्छा-सा खरीदना होगा, मैं साथ चलकर पसंद कर लूंगी।' उसके बाद हंसकर कहा—'हमें जिस चीज की जरूरत होती है, वह सब तो जानते ही हो—एक दाई भी ठीक करनी होगी।'

दयाल ने कहा—'कब चाहिए, बेटी?'

'जितना जल्दी हो सके। दो-तीन दिनों के अंदर ही हो जाने पर अच्छा होगा'—कहकर चंद्रमुखी ने उसके हाथ में सौ रुपए का नोट देकर कहा—'अच्छी चीजें लेना, खर्च में कमी मत करना।'

तीसरे दिन वह नए घर में चली गई। दिन भर केवलराम के साथ, उसने अपनी इच्छानुसार घर सजाया, और शाम होने के पहले, खुद शौक-शृंगार करने बैठी। साबुन ने मुंह धोकर पाउडर लगाया, आलता घोलकर पैरों में लगाई। और पान खाकर होंठ लाल किए। उसके बाद अंग-प्रत्यंग में गहने पहनकर, अंगिया

कसकर, रंगीन साड़ी पहन ली। बहुन दिनों के बाद संवर कर, फिर बिंदी लगाई। आईने में मुंह देखकर, मन-ही-मन हंसकर कहा—'इस बदकिस्मत को न मालूम और क्या-क्या भुगतना है!'

छोटे से देहाती लड़के केवलराम ने, एकाएक यह नया साज-बाज और पोशाक देखकर, डरकर पूछा—'दीदी, यह क्या?'

चंद्रमुखी ने हंसकर कहा—'केवल, आज मेरे दूल्हा आएंगे!'

केवलराम चकित होकर रह गया।

शाम होने पर, टहलते हुए क्षेत्रमणि आई—'यह क्या बहन!'

चंद्रमुखी ने मुंह दबाकर हंसते हुए कहा—'फिर जो इनकी जरूरत हैं।' क्षेत्रमणि कुछ देर तक देखती रहने के बाद बोली—'दीदी की उम्र के साथ-साथ, खूबसूरती भी बढ़ती जा रही है।'

उसके चले जाने के बाद, बहुत दिनों पहले ही तरह, चंद्रमुखी फिर खिड़की के पास आकर बैठी। टकटकी लगाए रास्ते की ओर देखती रहती थी। यही उसका काम है, यही करने वह आई थी—जितने दिन यहां रहेगी, उतने दिन यही करेगी। कभी-कभी कोई नया आदमी आना चाहता है, दरवाजा खटखटाता है, केवलराम अभ्यस्त की तरह कहता है—'यहां नहीं।'

पुराने परिचितों में से कोई आकर बैठता है। चंद्रमुखी उसे बैठाकर हंसकर बातें करती है, बात-बात में देवदास की बात पूछती है, वे बता नहीं पाते हैं, इसी तरह विदा कर देती है। अधिक रात होने पर वह खुद ही बाहर निकल पड़ती है। मुहल्ले के दरवाजे-दरवाजे घूमती रहती है। छिपकर, दरवाजे-दरवाजे कान लगाकर बातें सुना करती है—तरह-तरह के लोग, तरह-तरह की बातें करते हैं; जो सुनना चाहती है, वह सुनाई नहीं पड़ता—कोई उसका मुंह देखकर, हठात् मुंह के पास आ जाता है—स्पर्श करने के लिए हाथ बढ़ाता है—चंद्रमुखी तुरंत हट जाती है। दोपहर को, पुरानी परिचित सहेलियों के घर घूमने निकल जाती है। बात-बात में पूछती है—'कोई देवदास को जानता है?'

वे पूछती हैं—'कौन देवदास?'

चंद्रमुखी उत्सुकता से परिचत देती है—'गोरा रंग है, सिर पर घुंघराले बाल हैं, ललाट का बाईं ओर कटने का दाग है, बड़ा आदमी है....बहुत रुपया खर्च करता है—कोई पहचानता है?'

कोई भी नहीं खोज पाती। हताश होकर, अपना-सा मुंह लिए चंद्रमुखी घर वापस आ जाती है। सारी रात जागकर रास्ते की ओर देखती रहती है। नींद आने पर उदास हो जाती है, मन-ही-मन कहती है—यह क्या तुम्हारे सोने का वक्त है?'

इसी तरह एक महीना बीत गया, केवलराम भी परेशान हो उठा। चंद्रमुखी को भी संदेह होने लगा कि शायद वह यहां नहीं है। फिर भी उम्मीद के सहारे देवता के चरणों में मन लगाकर प्रार्थना करते हुए, वह अपना एक-एक दिन काटने लगी।

उसे कलकत्ता आए डेढ़ महीना हो गया। आज रात को उसकी किस्मत खुली। उस वक्त रात के ग्यारह बज रहे थे—उदास मन लिए वह लौट रही थी, तभी उसने देखा कि रास्ते के बगल में ही, एक दरवाजे के सामने पड़ा एक आदमी अपने-आप बक रहा है। चंद्रमुखी के दिल में धड़कन होने लगी। यह तो पहचानी-सी आवाज है। लाखों आदमियों के बीच में भी, वह आवाज चंद्रमुखी झट पहचान जाती। उस जगह कुछ अंधेरा था, और वहां वह आदमी नशे में बिलकुल चूर पड़ा था। चंद्रमुखी ने नजदीक जाकर, उसके बदन पर हाथ रखा—'तुम कौन हो जी, इस तरह क्यों पड़े हो?'

उस आदमी ने अपना राग अलापते हुए कहा—'सुन सखी, मन की यही इच्छा; यदि कान्ह सम स्वामी पाऊं....'

चंद्रमुखी को अब संदेह नहीं रहा; उसने पुकारा—'देवदास!'

देवदास ने उसी तरह कहा—'ऊं!'

'यहां क्यों पड़े हो? घर चलोगे?'

'नहीं, यहीं ठीक हूं—'

'थोड़ी-सी शराब पीओगे?'

'पीऊंगा'—कहकर वह खुशी में चंद्रमुखी के गले से लग गया, कहा—'भई, इतने सहृदय कौन हो तुम?'

चंद्रमुखी की आंखों से आंसू गिरने लगे। तब बड़ी मेहनत से, गिरते-पड़ते किसी तरह उसका गला पकड़कर वह उठ खड़ा हुआ, और कुछ देर तक उसके मुंह की ओर देखते रहने के बाद बोला—'वाह वाह, यह तो बड़े मजे का माल है!'

चंद्रमुखी रोते-रोते भी हंस पड़ी; बोली—'हां, मजे का माल है! अब मेरे कंधे के सहारे कुछ आगे चलो, एक गाड़ी चाहिए न।'

'वह तो चाहिए ही।-—रास्ते में चलते-चलते, देवदास ने रुंधे गले से पूछा—'सुंदरी! मुझे पहचानती हो?'

चंद्रमुखी ने कहा—'पहचानती हूं।'

देवदास गा-उठा—'अन्य लोग भूल गए, भाग्य से मैं पहचानता हूं'—इसके बाद गाड़ी पर बैठकर, चंद्रमुखी के कंधे के सहारे उसके घर पहुंचा। दरवाजे के पास खड़ा होकर, पॉकेट में हाथ डालकर बोला—'सुंदरी, खोजकर ले तो आई। पर पॉकेट में तो कुछ भी नहीं है....'

चंद्रमुखी चुपचाप उसका हाथ पकड़कर अंदर ले गई और बिछौने पर लेटाकर बोली—'सो जाओ!'

देवदास ने उसी तरह रुंधे गले से कहा—'कोई मतलब है क्या? अभी तो बतलाया कि पॉकेट खाली है—कोई उम्मीद नहीं, समझ में आया, हुस्नवाली!'

हुस्नवाली सब समझे थी; बोली—'कल दे देना।'

देवदास ने कहा—'इतना विश्वास करना भी तो ठीक नहीं—तुम क्या चाहती हो? साफ-साफ बतलाओ तो।'

चंद्रमुखी ने कहा—'कल सुनना।—और बगल के कमरे में चली गई।

देवदास की जब नींद टूटी तो दिन चढ़ आया था। कमरे में कोई नहीं था।

चंद्रमुखी नहाकर रसोई बनाने के लिए नीचे गई थी। देवदास ने उठकर देखा कि इस घर में वह कभी आया नहीं था; एक भी चीज पहचान नहीं पाया। पिछली रात की एक भी बात उसे याद

नहीं आई—महज किसी की प्रेमपूर्ण सेवा ही याद रही। न मालूम किसने, बड़े स्नेह में लाकर उसे सुला दिया था। इसी समय चंद्रमुखी कमरे में आई। रात की सजावट को उसने बहुत कम कर दिया था। शरीर पर गहने थे, किंतु पहले पहने हुए रंगीन कपड़े, माथे की बिंदी मुंह में पान का दाग—यह सब नहीं था। एक बिल्कुल मामूली कपड़ा पहने, वह कमरे में आई। देवदास उसकी ओर देखकर हंस पड़ा—'कल कहां से डाका डालकर मुझे ले आईं?'

चंद्रमुखी ने कहा—'डकैती नहीं की—महज रास्ते से उठा लाई थी।'

देवदास एकाएक गंभीर हो गया—'खैर, वह तो हुआ; किंतु तुमने फिर यह सब क्या किया? कब आईं? गहनों की भरमार है—किसने दिए?'

चंद्रमुखी ने देवदास के मुंह की ओर एक तीव्र दृष्टिपात करके कहा—'फिर?'

देवदास ने हंसकर कहा—'नहीं, नहीं—मेरा मतलब वह नहीं था; कुछ मजाक करने में भी दोष है? कब आईं?'

चंद्रमुखी ने कहा—'डेढ़ महीना हुए।'

देवदास ने मन-ही-मन जैसे कुछ हिसाब किया। फिर कहा—'हमारे घर गई थीं, तभी आ गईं?'

चंद्रमुखी ने चकित होकर कहा—'तुम्हारे घर गई थी—यह तुम्हें कैसे मालूम हुआ?'

देवदास ने कहा—'तुम्हारे जाने के बाद ही मैं घर गया था। एक नौकरानी—जो तुम्हें साथ लेकर भाभी के पास गई थी, उसी ने बतलाया—कल अशथझूरी गांव से एक औरत आई थी, बहुत सुंदर थी। फिर क्या कुछ समझना बाकी रहा? किंतु इतना गहना फिर कैसे गढ़ा लिया?'

चंद्रमुखी बोली—'गढ़ाया नहीं, ये सब गिलट के हैं, कलकत्ते आने पर खरीदे हैं। देखो तो, तुम्हारे लिए मुझे कितना फिजूल खर्च करना पड़ा। परंतु कल तो तुम मुझे पहचान भी नहीं पाए।'

देवदास हंस पड़ा, कहा—'तुरंत नहीं पहचान पाया; परंतु कोशिश करने पर पहचान लिया। कितनी ही बार मन में आया, कि मेरी चंद्रमुखी के सिवा, इतनी सेवा और कौन करेगा?'

मारे खुशी के चंद्रमुखी को रो लेने की इच्छा हुई। कुछ देर तक चुप रहने के बाद बोली—'देवदास, अब तुम मुझसे उतनी नफरत नहीं करते हो—क्यों?'

देवदास ने जवाब दिया—'नहीं, बल्कि प्यार करता हूं।'

दोपहर को नहाने के समय, चंद्रमुखी ने देखा कि देवदास के पेट पर फलालैन का टुकड़ा बंधा है। डांटकर बोली—'यह क्या, फलालैन क्यों बांध रखा है?'

देवदास ने कहा—'पेट में थोड़ा दर्द मालूम होता है—तुम ऐसा क्यों कह रही हो?'

चंद्रमुखी ने अपना माथा पीटकर कहा—'सर्वनाश तो नहीं कर दिया? लिवर में तो दर्द नहीं होता?'

देवदास ने हंसकर कहा—'चंद्रमुखी, लगता है कि वही हो गया।' उसी दिन डॉक्टर आकर अच्छी तरह परीक्षा करके, ठीक यही आशंका कर गया। दवा दी और मतलब दोनों ने ही समझा। घर पर खबर देकर धर्मदास को बुलाया गया; दवा-दारू के लिए बैंक से रुपया निकाला गया। दो दिन ऐसे ही बीते, किंतु तीसरे दिन उसे बुखार आ गया।

चंद्रमुखी ने देवदास को बुलाकर कहा—'बड़े मौके से आ गए, नहीं तो देख भी नहीं पाती।' आंखे मूंदकर चंद्रमुखी जी-जान से उसकी सेवा करने लगी। उसने हाथ जोड़कर प्रार्थना की—'भगवान, असमय में इतना काम आऊंगी, ऐसी आशा कभी नहीं की थी। किंतु देवदास को अच्छा कर दो।'

करीब एक महीने से भी अधिक समय तक, देवदास चारपाई पर पड़ा रहा, इसके बाद धीरे-धीरे वह अच्छा होने लगा—रोग उतना भयंकर नहीं हो पाया था।

इसी समय एक दिन देवदास ने कहा—'चंद्रमुखी तुम्हारा

नाम बहुत बड़ा है। बुलाने में हमेशा असुविधा होती है—कुछ छोटा कर लेना चाहता हूं।'

चंद्रमुखी बोली—'अच्छी बात है।'

देवदास ने कहा—'तब आज से तुम्हें बहू कहकर बुलाऊंगा।'

चंद्रमुखी हंस पड़ी। बोली—'जैसे भी बुलाओ, पर उसका कुछ मतलब भी तो होना चाहिए।'

'सभी बातों का क्या मतलब होता है?'

'यदि साध है, तो वैसे ही बुलाओ; किंतु यह साध क्यों है—यह भी नहीं बताओगे?'

'नहीं, वजह कभी पूछना भी मत।'

चंद्रमुखी से सिर हिलाकर कहा—'ठीक है, नहीं पूछूंगी।'

देवदास बड़ी देर तक चुपचाप रहा, इसके बाद एकाएक गंभीर होकर पूछ बैठा—'अच्छा बहू, तुम मेरी कौन हो, जो इतना जी-जान से मेरी सेवा करती हो?'

चंद्रमुखी लजालु बहू नहीं है, और बातूनी लड़की भी नहीं है। उसके मुंह की ओर स्थिर और शांत दृष्टि डालकर, स्नेहपूर्ण कण्ठ से बोली—'तुम मेरे सर्वस्व हो—यह क्या आज भी नहीं समझ सके?'

देवदास दीवार की ओर देख रह था; उसी ओर देखते हुए धीरे-धीरे कहने लगा—'वह तो समझ चुका हूं; किंतु उतना आनंद नहीं मिलता। पार्वती को कितना प्यार करता हूं, वह मुझे कितना प्यार करती है। परंतु फिर भी कितनी तकलीफ है। बहुत दुःख पाने के कारण मैंने सोचा है कि फिर कभी इस फंदे में पैर नहीं रखूंगा। चाहकर रखा भी नहीं किंतु तुमने ऐसा क्यों किया? जबर्दस्ती मुझे क्यों बांध दिया?'—कहकर थोड़ी देर फिर चुप रहकर बोला—'बहू, तुम भी पार्वती की तरह कष्ट पाओगी!'

चंद्रमुखी मुंह पर आंचल देकर, चारपाई के एक तरफ चुपचाप बैठी रही।

देवदास फिर मधुर कण्ठ से कहने लगा—'तुम दोनों में कितना अंतर है, फिर भी कितनी एकता है! एक अभिमानिनी एवं उद्धत है—और एक कितनी शांत, कितनी संयत! वह कुछ भी नहीं सहन कर सकती, और तुममें कितनी सहनशीलता है! उसका कितना यश है, कितना नाम है और तुम पर कितना कलंक! सभी उसको कितना चाहते हैं, और तुम्हें कोई नहीं चाहता। तब मैं चाहता हूं! और क्यों न चाहूं?'—कहकर एक लम्बी सांस छोड़कर फिर कहा—'पाप-पुण्य का फैसला करने वाले तुम्हारे बारे में क्या फैसला करेंगे, नहीं जानता; किंतु अगर मरने के बाद तुमसे फिर भेंट हुई, तो तुमसे अलग मैं कभी रह न सकूंगा।'

चुपचाप रोते-रोते चंद्रमुखी की छाती भीग गई, मन-ही-मन वह प्रार्थना करने लगी—'भगवान, किसी समय, किसी जन्म में अगर मुझ पापिष्ठा का प्रायश्चित हो, तो मुझे यही पुरस्कार देना।'

दो महीने बीत गए। देवदास नीरोग हो गया। किंतु शरीर चगा नहीं हुआ। हवा बदलना आवश्यक था। कल वह पश्चिम की ओर टहलने जाएगा, साथ धर्मदास जाएगा।

चंद्रमुखी जिद्द कर बैठी—'तुम्हें एक दासी की भी तो आवश्यकता है, मुझे साथ चलने दो।'

देवदास ने कहा—'छिः, ऐसा नहीं करते। और जो करे, उससे बढ़कर निर्लज्ज कोई नहीं होगा।'

चंद्रमुखी बिलकुल चुप हो गई। वह नासमझ नहीं है, इसीलिए सरलता से समझ गई। और जो भी हो, इस संसार में उसका सम्मान कहीं नहीं है। उसके साथ रहने से देवदास को सुख मिलेगा, सेवा मिलेगी—किंतु सम्मान नहीं मिलेगा। आंखें मूंदकर बोली—'फिर कब भेंट होगी?'

देवदास ने कहा—'कह नहीं सकता। किंतु अगर जिंदा रहा, तो तुम्हें देखने की मेरी लालसा कभी बुझेगी नहीं।'

प्रणाम करके चंद्रमुखी अलग हो गई। धीरे-धीरे बोली—'यही मेरे लिए सब कुछ है; इससे अधिक उम्मीद भी मैं नहीं करती।'

जाते समय, चंद्रमुखी के हाथ में और दो हजार रुपया देकर देवदास ने कहा—'रख लो। मनुष्य के शरीर का तो कोई विश्वास नहीं; पता नहीं अंत में क्या हो।'

चंद्रमुखी यह भी समझ गई, इसी से हाथ बढ़ाकर रुपया ले लिया। आंखें पोंछकर पूछा—'तुम मुझे एक बात बतलाते जाओ—'

देवदास ने उसके मुंह की ओर देखकर कहा—'क्या?'

चंद्रमुखी ने कहा—'बड़ी बहू ने कहा था कि तुम्हारे शरीर में खराब रोग पैदा हो गया है—वह क्या सच है?'

प्रश्न सुनकर देवदास को दुःख हुआ, बोला 'बड़ी बहू सब कुछ कह सकती है; किंतु अगर ऐसा होता, तो क्या तुम नहीं जानतीं? मेरी कौन-सी बात तुम नहीं जानतीं? इस मामले में तो तुम पार्वती से भी अधिक हो।'

चंद्रमुखी ने एक बार और आंख पोंछकर कहा—'बच गए! किंतु फिर भी, बहुत सावधानी से रहना। तुम्हारा शरीर कमजोर है—इसका ख्याल रखना; कभी कोई गलती मत कर बैठना।' जवाब में देवदास केवल हंसा, बोला नहीं।

चंद्रमुखी ने कहा—'एक भिक्षा और—शरीर अस्वस्थ होने पर मुझे खबर दोगे न?'

चंद्रमुखी ने उसके मुंह की ओर देखते हुए, सिर हिलाकर कहा—'दूंगा, बहू!' और एक बार प्रणाम करके, चंद्रमुखी रोती हुई अंदर भाग गई।

## (16)

कलकत्ता छोड़ने के बाद, देवदास जब कुछ समय के लिए इलाहाबाद में रह रहा था, तभी एक दिन उसने चंद्रमुखी को एक चिट्ठी लिखी—'बहू, सोचा है कि अब कभी प्यार नहीं करूंगा। एक तो प्यार करने के बाद फिर अपने-आपको वश में करना ही बड़ा

कठिन है, इसके बाद फिर नए ढंग से प्यार करने से बढ़कर विडंबना, इस संसार में और नहीं है।'

जवाब में चंद्रमुखी ने क्या लिखा था, वह कहने की आवश्यकता नहीं है; किंतु इस समय देवदास के मन में यही होता है वह अगर चली आती, तो कितना अच्छा होता!

दूसरे क्षण भयभीत होकर वह सोचता 'नहीं, नहीं, कोई काम नहीं है—अगर किसी दिन पार्वती जान गई, तो?' इस तरह कभी पार्वती और कभी चंद्रमुखी उसके हृदय में वास करतीं। कभी-कभी उन दोनों का मुंह एक साथ ही उसके हृदय-पट पर चमक जाता—जैसे दोनों उसके बहुत प्यारे हों।

मन में दोनों एक साथ ही रहतीं, कभी-कभी तो एकाएक उसके मन में आता—जैसे दोनों ही सो गई हों। ऐसे समय में उसका मन इतना शून्य हो जाता, कि महज एक निर्जीव अतृप्ति-सी उसके मन में मिथ्या-प्रतिध्वनि की तरह गूंजती रह जाती। फिर देवदास लाहौर चला गया। वहां चुन्नीलाल काम करता था, पता लगाकर उससे मिलने आया। बहुत दिनों के बाद देवदास ने शराब का स्पर्श किया। चंद्रमुखी की बात याद आई—उसने मना किया था। मन में आया—वह कितनी बुद्धिमती है! वह कितनी शांत और धैर्यशील है; और कितना स्नेह रखती है! पार्वती की याद इस वक्त सो गई थी—केवल बुझती हुई दीप-शिखा की तरह कभी-कभी जल उठती। किंतु यहां का जलवायु उसके लिए अनुकूल नहीं हुआ। बीच-बीच में तकलीफ होने लगी—पेट में जैसे फिर दर्द मालूम होने लगा। धर्मदास ने एक दिन रोते-रोते कहा—'देवता, आपका शरीर फिर खराब होने लगा; कहीं और चलना चाहिए।'

देवदास ने लापरवाही से जवाब दिया—'चलो, चलें!'

देवदास प्रायः घर पर शराब नहीं पीता। चुन्नीलाल के आने पर किसी दिन पी लेता है, किसी दिन बाहर चला जाता है। रात को पिछले पहर घर आता। किसी दिन रात-भर आता ही नहीं। एकाएक आज दो दिनों से वह दिखलाई नहीं पड़ा। रोते-रोते

धर्मदास ने अन्न-जल तक नहीं छुआ था। तीसरे दिन, देवदास बुखार लेकर घर लौट आया। चारपाई पर पड़ा और फिर उठ नहीं सका। तीन-चार डॉक्टर आकर दवा करने लगे।

धर्मदास ने कहा—'देवता, काशी में मां को खबर देने से...'

देवदास तुरंत रोकर कह उठा—'छिः छिः—मां को यह मुंह दिखा सकूंगा?'

धर्मदास ने प्रतिवाद किया—'रोग-शोक सभी को होता है किंतु इसी से क्या इतनी विपत्ति का समय मां से छिपाया जाएगा? तुम्हें शर्म करने की कोई वजह नहीं, देवता—काशी चलो।'

देवदास ने मुंह फेरकर कहा—'नहीं धर्मदास, इस समय उनके पास नहीं जा सकूंगा। अच्छा हो जाऊं, उसके बाद।'

धर्मदास के मन में एक बार आया कि चंद्रमुखी का जिक्र करे, किंतु वह खुद ही उससे इतनी नफरत करता था, कि उसका मुंह याद आते ही चुप रह गया।

स्वयं देवदास के मन में भी यह बात कई बार आई थी, किंतु कोई बात कहने की इच्छा नहीं हुई। नतीजा यह हुआ कि कोई भी नहीं आया। इसके बहुत दिनों बाद, धीरे-धीरे वह नीरोग होने लगा। एक दिन उसने उठकर बैठते हुए कहा—'चलो, धर्मदास! अब की कहीं और चलें।'

'और कहीं चलने की जरूरत नहीं है, भाई! हो सके तो घर चलो, या हो सके तो मां के यहां चलो।'

माल-असवाब बांधकर, चुन्नीलाल से विदा लेकर, देवदास फिर इलाहाबाद आ धमका। शरीर बहुत अच्छा था। कुछ दिन रहने के बाद एक दिन धर्मदास को बुलाकर कहा—'धर्म, किसी नई जगह में चलें तो कैसा रहे? कभी बम्बई नहीं देखा—चलोगे?'

उसका आग्रह देखकर, इच्छा न रहने पर भी धर्मदास ने राय दे दी। ज्येष्ठ का महीना था। बम्बई शहर उतना गरम नहीं है। यहां आकर देवदास बहुत स्वस्थ हो गया।

धर्मदास ने पूछा—'अब घर चलें तो कैसा?'

देवदास ने कहा—'नहीं, बड़े मजे में हूं। मैं यहीं कुछ दिन और रहूंगा।'

एक साल बीत गया। भादों के महीने में, एक दिन तड़के ही देवदास बम्बई अस्पताल से निकलकर धर्मदास के कंधे के सहारे गाड़ी पर आ बैठा। धर्मदास ने कहा—'देवता, मैं कहता हूं—मां के यहां जाना ज्यादा अच्छा होगा।'

देवदास की दोनों ओंखों में आंसू भर आए—आज कई दिनों से, मां ही उसे याद आ रही थी। अस्पताल में पड़े-पड़े, जब-तब यही बात सोचता था—इस संसार में उसके सब कोई हैं, और कोई नहीं है। उसकी मां है, बड़ा भाई है, बहन से बढ़कर भी पार्वती है--चंद्रमुखी भी है। सभी उसके है, किंतु वह किसी का नहीं। धर्मदास भी रोने लगा, कहा—'तो भैया, मां के यहां ही चलना तय रहा?'

मुंह फेरकर देवदास ने आंसू पोंछे—'नहीं धर्मदास, मां को मुंह दिखाने की इच्छा नहीं होती—लगता है कि अभी मेरा वह समय नहीं आया।'

बुड्ढे धर्मदास ने बिलबिलाकर रोते-रोते कहा—'भैया, अभी मां जो बची है।'

इस बात से कितनी बात जाहिर हो गई, यह दोनों ने ही मन-ही-मन अनुभव किया। देवदास की हालत बहुत नाजुक हो गई थी। सारा पेट प्लीहा-लीवर से भर गया था; उसके ऊपर बुखार और खांसी थी। रंग बिलकुल काला हो गया था, और शरीर में महज अस्थि-पिंजर की रह गया था। आंखें बिलकुल धंस गई थीं, महज एक अस्वाभाविक उज्ज्वलता चकमका रही थी। सिर पर उलझे हुए सूखे बाल बहुत कम रह गए थे.... लगता था, जैसे कोशिश करने पर वे गिने जा सकते थे। हाथ की उंगलियों की ओर देखने पर नफरत होती थी—एक तो पतली और उस पर भी कुत्सित रोग के दाग से भद्दी हो गई थीं। स्टेशन आकर धर्मदास ने पूछा—'कहां का टिकट खरीदोगे, देवता?'

देवदास ने कुछ सोचकर कहा—'चलो, घर चलें—उसके बाद कुछ होगा।'

गाड़ी का वक्त होने पर वे हुगली का टिकट लेकर बैठे। धर्मदास देवदास के पास ही रहा। शाम होने के पहले देवदास की आंखें जलने लगीं, और फिर बुखार आ गया। धर्मदास को पुकारकर उसने कहा—'धर्मदास, आज मन में हो रहा है कि घर पहुंचना भी मुश्किल है।'

धर्मदास ने डरकर कहा—'क्यों, भैया?'

हंसने की कोशिश करके देवदास ने महज कहा—'फिर जो बुखार हो गया, धर्मदास!'

काशी का रास्ता जब पार हो गया, तब देवदास बुखार से बेहोश था। पटना के आस-पास उसे होश आया। कहा—'वही तो हुआ धर्मदास, मां के यहां जाना सचमुच ही नहीं बदा था!'

धर्मदास, ने कहा—'चलो भैया, हम पटना चलकर डॉक्टर को दिखाएं।'

जवाब में देवदास ने कहा—'नहीं, रहने दो, हम घर ही चलें।'

गाड़ी जब पाण्डूया स्टेशन पर पहुंची, जब भोर हो रहा था। सारी रात बारिश होती रही, अभी रुकी थी। देवदास उठ खड़ा हुआ। नीचे धर्मदास सो रहा था। धीरे-धीरे एक बार उसके ललाट को उसने छू लिया, लज्जा-वश जगा नहीं सका। इसके बाद दरवाजा खोलकर वह धीरे-धीरे बाहर निकल गया। सोए हुए धर्मदास को लेकर गाड़ी चली गई। कांपते-कांपते देवदास स्टेशन के बाहर आया। एक इक्केवान को बुलाकर कहा—'बाबा, हाथीपोता गांव में ले चलोगे?'

उसने एक बार उसके मुंह की ओर देखा, एक बार इधर-उधर देखा; उसके बाद कहा—'नहीं बाबू, रास्ता अच्छा नहीं है—इस वर्षा में, घोड़ागाड़ी वहां जा ही नहीं सकती।'

देवदास ने घबराकर पूछा—'पालकी मिल सकती है?'

इक्केवान ने कहा—'नही!'

आशंका के कारण देवदास बैठ गया—'तब क्या जाना नहीं हो सकेगा?' उसके मुंह पर उसका आखिरी वक्त स्पष्ट हो गया—इसे अंधा आदमी भी भांप सकता था।

गाड़ीवान ने बड़ी नरमी से कहा—बैलगाड़ी ठीक कर दूं?'

देवदास ने पूछा—'कब पहुंचूंगा?'

गाड़ीवान ने कहा—'रास्ता ठीक नहीं है, बाबू! शायद दो दिन लग जाएं।'

देवदास मन-ही-मन हिसाब करने लगा। दो दिन बच तो पाऊंगा? किंतु पार्वती के पास जाना ही होगा। उसे बहुत दिनों की, बहुत-सी झूठी बातें और अपना बहुत-सा झूठा आचरण याद आने लगा। किंतु आखिरी दिनों में यह वादा उसे पूरा करना ही होगा। जैसे भी हो, उससे आखिरी मुलाकात करनी ही होगी। लेकिन इस जिंदगी की मियाद और अधिक दिन जो नहीं रह गई। यही तो बड़े डर की बात है।

देवदास जब बैलगाड़ी पर बैठा, तब मां की याद आ जाने के कारण उसकी आंखों से आंसू फूट पड़े और एक स्नेह-कोमल मुख, इस जिंदगी के आखिरी क्षण में, अत्यंत पवित्र होकर दिखलाई दिया—वह मुख था चंद्रमुखी का। जिसे पतिता कहकर उसने हमेशा नफरत की, उसे ही आज मां के पास सगौरव फूट निकलते देखकर उसकी आंखों से झरझर करके आंसू झर पड़े। इस जीवन में अब उससे भेंट नहीं होगी। हो सकता है कि बहुत दिनों तक उसे खबर भी न मिले। फिर भी, पार्वती के यहां जाना ही होगा। देवदास ने कसम खाई थी कि एक बार मिलेगा। आज अपनी यह प्रतिज्ञा उसे पूरी करनी ही होगी। रास्ता ठीक नहीं है। वर्षा का पानी कहीं रास्ते में रुक गया है, और कहीं रास्ता ही टूट गया है। पांक से सारा रास्ता भर गया है। बैलगाड़ी हटर-हटर करते हुए चलती थी। कहीं उतर कर पहिए को ठेलना पड़ता था, कहीं दोनों बैलों को निर्दयता से पीटना पड़ता था—जिस तरह भी हो, सोलह कोस का यह रास्ता तय करना ही होगा। हू-हू करके ठण्डी हवा बह रही थी। आज भी

शाम के बाद उसे तेज बुखार आ गया। उसने डरकर पूछा—'गाड़ीवान, अभी कितनी दूर है?'

गाड़ीवान ने जवाब दिया—'अभी भी आठ-दस कोस बाकी हैं, बाबू।'

'जल्दी ले चलो बाबा, तुम्हें बहुत रुपया इनाम दूंगा।'—पॉकेट में सौ रुपए का एक नोट था, उसी को दिखाकर उसने कहा—'सौ रुपए दूंगा जल्दी ले चलो!'

इसके बाद किस तरह सारी रात गुजर गई—देवदास नहीं जान सका। एकदम बेहोश रहा, सुबह होश में आकर बोला—'अरे, अब कितनी दूर है? यह रास्ता क्या खत्म ही नहीं होगा?'

गाड़ीवान ने कहा—'अभी छः कोस है?'

देवदास ने लम्बी सांस छोड़कर कहा—'जरा, जल्दी चलो बाबा, और समय नहीं है।'

गाड़ीवान समझ नहीं सका, किंतु उत्साह में बैलों को ठोककर, नए गाली-गलौज करते हुए ले चला। जी-जान से गाड़ी चल रही थी, अंदर देवदास छटपटा रहा था—केवल यही सोचता था कि भेंट हो तो जाएगी? पहुंच तो जाऊंगा? दोपहर को गाड़ी रोककर, गाड़ीवान बैलों को खिलाकर और खुद भोजन करके फिर आ बैठा। कहा—'बाबू, कुछ खाओगे नहीं?'

'नहीं बाबा, लेकिन बहुत प्यास लगी है। थोड़ा पानी दे देते।'

उसने रास्ते के बगल के एक पोखर से पानी ला दिया। आज शाम होने पर, बुखार के साथ-साथ देवदास की नाक से थोक-का-थोक खून भी गिरने लगा। उसने जी-जान ने नाक दबा ली, उसके बाद लगा जैसे कि दांत के पास से भी खून निकल रहा हो। सांस लेने में भी तकलीफ होने लगी। हांफते-हांफते उसने कहा—'अब कितनी दूर है?'

गाड़ीवान ने कहा—'दो कोस और है, रात को दस बजे पहुंज जाएंगे।'

देवदास ने बड़ी मुश्किल से सिर उठाकर, रास्ते की ओर देखकर कहा—'भगवान!' गाड़ीवान ने कहा—'बाबू, ऐसा क्यों कर रहे हो?'

देवदास इस बात का जवाब दे ही नहीं सका। गाड़ी चलने लगी, किंतु रात को दस बजे न पहुंचकर, करीब बारह बजे हाथीपोता गांव के जमींदार बाबू के घर के सामने, पीपल के पेड़ के नीचे गाड़ी खड़ी हुई।

गाड़ीवान ने पुकार कर कहा—'बाबू, उतरो।'

कोई जवाब नहीं आया। फिर पुकारा, तब भी जवाब नहीं आया। तब वह डरकर, लालटेन उसके मुंह के पास ले आया—'बाबू, सो गए क्या?'

देवदास देखता रहा, होंठ हिलाकर उसने कुछ कहा; किंतु आवाज नहीं निकली। गाड़ीवान ने फिर पुकारा—'ओ बाबू!'

देवदास ने हाथ उठाना चाहा, किंतु हाथ नहीं उठा, केवल उसकी आंखों के कोनों से दो बूंद आंसू गिरकर रह गए। गाड़ीवान ने तब अपनी बुद्धि लगाकर पीपल के पेड़ के नीचे बनी हुई बेनी पर घास-पत्ते इकट्ठे करके, बिछावन-सा तैयार किया। उसके बाद बड़ी तकलीफ से देवदास को उठाकर, उस पर सुला दिया। बाहर और कोई नहीं था। जमींदार का घर निस्तब्ध निद्रा में निमग्न था। देवदास ने बड़ी तकलीफ से, पॉकेट में से सौ रुपए का नोट बाहर निकाल कर उसे दिया। लालटेन के उजाले में गाड़ीवान ने देखा कि बाबू उसको देख रहे हैं। उसने उसकी हालत का अनुमान लगाकर, नोट लेकर फेंटे में बांध लिया। शाल लेकर देवदास को मुंह तक ढंक दिया। सामने लालटेन जल रही थीं यह नया दोस्त उसके पैर के पास बैठा हुआ कुछ सोच रहा था।

भोर हुआ। सुबह के वक्त जमींदार के घर से लोग बाहर निकले—एक आश्चर्यजनक दृश्य था। भला आदमी! शरीर पर शाल था, पैरा में चमकता हुआ जूता था और हाथ में अंगूठी थी। एक-एक करके कई आदमी इकट्ठे हो गए। धीरे-धीरे भुवन बाबू के

कानों तक यह बात पहुंची। वे डॉक्टर लाने को कहकर खुद ही हाजिर हुए। देवदास ने सबकी ओर देखा, किंतु उसका गला रुंध गया था—एक भी शब्द नहीं कह सका, महज आंखों से आंसू गिरते रहे। गाड़ीवान जितना जानता था, उसने बतला दिया, किंतु उससे कोई फायदा नहीं हुआ। डॉक्टर ने कहा—'सांस उठ रही है, अब मरेगा।'

सबने कहा—'उफ्!'

किसी ने दया करके उसके मुंह में एक बूंद पानी डाल दिया। देवदास ने उसकी ओर एक बार दयनीय दृष्टि से देखा और आंखें मूंद लीं। कुछ क्षण तक और जीवित रहा, इसके बाद सब खत्म हो गया। अब कौन दाह-संस्कार करेगा, कौन छूएगा, कौन-सी जाति है—इत्यादि बातें लेकर तर्क शुरू हुआ। भुवन बाबू ने पास थाने पर खबर दी। इंस्पेक्टर आकर जांच करने लगा। प्लीहा-लिवर से मृत्यु हुई थी; नाक-मुंह में खून का दाग था। पॉकेट से दो चिट्ठियां मिलीं। एक में तामसोनापुर के द्विजदास मुकर्जी ने बम्बई में देवदास को लिखा था—'इस वक्त रुपए भेजना सम्भव नहीं है।'

और एक में काशी की हरिमती ने, उक्त देवदास मुकर्जी को लिखा था—'कैसे हो?'

बाएं हाथ पर अंग्रेजी में, नाम के पहले अक्षर का गोदना गुदा था। इंस्पेक्टर बाबू ने जांचकर कहा—'हां, यह आदमी देवदास ही है!'

हाथ में नीलम-जड़ी अंगूठी थी—मूल्य करीब डेढ़ सौ रुपए होगा। शरीर पर एक जोड़ा शाल था, मूल्य करीब दो सौ रुपए होगा। कपड़े इत्यादि सब कुछ लिख लिया गया। चौधरी महाशय और महेन्द्र नाथ, दोनों ही मौजूद थे। तालसोनापुर का नाम सुनकर महेन्द्र ने कहा—'छोटी मां के मायके का आदमी है, वह देखकर...'

चौधरी महाशय चिढ़ गए—'वे क्या यहां मुर्दे की शिनाख्त करने आएंगी?' दरोगा बाबू ने हंसकर कहा—'कैसे पागल हैं!'

ब्राह्मण की मृत देह होने के कारण गांव के किसी आदमी ने छूना नहीं चाहा, इसलिए मेहतर आकर बांध ले गया। इसके बाद किसी सूखे तालाब के किनारे, आधा जलाकर फेंक दिया। गिद्ध-कौवे ऊपर आ बैठे। कुत्तों और सियारों ने सारे शरीर के लिए झगड़ा शुरू किया तब भी, जिसने ही सुना उसी ने कहा—'उफ्!' नौकर-चाकरों ने भी जिक्र किया—'उफ्! भला आदमी था, बड़ा आदमी था। दो सौ रुपए का शाल था, डेढ़ सौ रुपए की अंगूठी थी। यह सब इस वक्त दरोगा के जिम्मे है। दोनों चिट्ठियां भी उन्हीं के पास हैं।'

यह खबर सुबह ही पार्वती के कानों तक पहुंची, किसी विषय में आजकल तबियत न लगा सकने के कारण, वह बात ठीक से समझ नहीं सकी। किंतु सबके मुंह से जब यही बात हो रही थी, तो पार्वती ने भी विशेष तौर से जानने के लिए एक दासी को बुलाकर कहा—'क्या हुआ रे! कौन मर गया?'

दासी ने कहा—'उफ्! कोई नहीं जानता, मां! पिछले जन्म में यहां की मिट्टी खरीदे था, इसी से मरने आया था। शीत और ठंड में रात-भर वहीं पड़ा रहा, आज नौ बजे मरा है।'

पार्वती ने लम्बी सांस छोड़कर पूछा—'उफ्! कौन था वह, कुछ पता नहीं चला?'

दासी ने कहा—'महेन्द्र बाबू सब जानते हैं, मैं अधिक नहीं जानती।'

महेन्द्र को बुलाने पर उसने कहा—'तुम्हारे गांव का देवदास मुखर्जी!'

पार्वती ने महेन्द्र के बिलकुल पास आकर, तीव्र दृष्टिपात करके पूछा—'कौन, देव भैया? कैसे पता चला?'

'पॉकेट में दो चिट्ठियां थीं, एक द्विजदास मुखर्जी ने लिखी थी।'

पार्वती ने रोकर कहा—'हां, उसके बड़े भाई हैं।'

'और एक काशी की हरिमति ने लिखी थी।'

'हां, उसकी मां है।'

'हाथ पर गोदना गुदा था—'

'हां, कलकत्ता जाने पर लिखवाया था।'

'एक नीले रंग की अंगूठी....'

'जनेऊ के समय बड़े चाचा ने दी थी। मैं जानती हूं'—कहकर पार्वती नीचे दौड़ पड़ी। महेन्द्र ने हतबुद्धि होकर कहा—'अरी मां, कहां जा रही हो?'

'देवदास के पास।'

'वह तो अब हैं नहीं—डोम ले गया।'

'अरी मैया!'—कहकर पार्वती रोते-रोते दौड़ पड़ी। महेन्द्र ने दौड़कर सामने आकर, रोककर कहा—'तुम क्या पागल हो, मां? कहां जाओगी?'

पार्वती ने महेन्द्र की ओर तीक्ष्ण कटाक्ष करके कहा—'महेन्द्र, मुझे क्या सचमुच पागल समझ रहे हो? रास्ता छोड़ो!'

उसकी आंखों की ओर देखकर, महेन्द्र रास्ता छोड़कर चुपचाप उसके पीछे चला। पार्वती बाहर हो गई। तब भी बाहर नायब-गुमाश्ता काम कर रहे थे। चौधरी जी ने सिर उठाकर पूछा—'कौन जा रहा है?'

महेन्द्र ने कहा—'मां, देवदास को देखने!'

भुवन चौधरी चिल्ला पड़े—'तुम क्या सभी पागल हो गए हो? पकड़ो-पकड़ो! पकड़ लाओ इसे। पागल हो गई है, ओ महेन्द्र, ओ बहू!'

इसके बाद नौकर-चाकर मिलकर धर-पकड़ करके पार्वती का मूर्च्छित शरीर भीतर ले आए। दूसरे दिन उसकी मूर्च्छा टूटी, किंतु उसने कोई बात नहीं कही। एक दासी को बुलाकर केवल यही पूछा—'रात को ही आए? सारी रात....!' उसके बाद पार्वती चुप रह गई।

अब इतने दिनों बाद, पार्वती को क्या हुआ, वह कैसे है, नहीं जानता। जानने की इच्छा भी नहीं हुई। केवल देवदास के लिए ही बड़ी तकलीफ हुई। तुममें से जो कोई यह कहानी पढ़ेगा, वह मेरी

तरह ही दुःख पाएगा। फिर भी अगर कभी देवदास की तरह किसी अभागे, असंयमी और पापी के साथ परिचय हो, तो उसके लिए प्रार्थना करना कि और जो कुछ भी हो, किंतु इस तरह उस जैसी मौत किसी की न हो! मरने में कोई हर्ज नहीं, किंतु उस समय किसी के स्नेहपूर्ण हाथ का स्पर्श उसके माथे तक पहुंचे....एक भी दया और स्नेह से परिपूर्ण मुंह देखते-देखते इस जीवन का अंत हो, मरते समय जैसे किसी की भी आंखों में एक बूंद आंसू देखकर तो मर सके!

❑❑❑